Die Geschwister Gadsby und die Liebe

Natasha Farrant

Die Geschwister Gadsby und die Liebe

Natasha Farrant

Aus dem Englischen von Annette von der Weppen

CARLSEN

FSC
www.fsc.org
MIX
Papier aus verantwortungsvollen Quellen
FSC® C014496

Originalverlag: Faber and Faber Ltd.
Originaltitel: »Flora in Love«
Umschlagfotografien: shutterstock.com/© StudioSmart/© Shkvarko/
© Africa Studio/© Elya Vatel/© Pupes/© sevenke/© Oksana/© Kuzmina
Umschlaggestaltung und -typografie: formlabor
Aus dem Englischen von Annette von der Weppen
Lektorat: Franziska Leuchtenberger
Herstellung: Björn Liebchen
Satz: Dörlemann Satz, Lemförde
Druck und Bindung: GGP Media GmbH, Pößneck
ISBN: 978-3-551-58336-9
Printed in Germany

Für Sophie, Steph und Pierre.
In Liebe, immer.

Bestehend aus einer Kombination von herkömmlichen Tagebucheinträgen und den Transkriptionen von Kurzfilmen; aufgenommen von der Verfasserin mit der Kamera, die sie zum dreizehnten Geburtstag bekommen hat, beginnend am Ende des Sommers.

Die Filmtagebücher der Bluebell Gadsby

1. Szene (Transkript)
Das Sonntagsessen

INNEN. ABEND.

Die Küche der Gadsbys im Erdgeschoss des großen Hauses am Chatsworth Square ist ein einziges Chaos. Blubbernde Töpfe und Pfannen drängen sich auf dem Herd. Ein zusammengesunkener Schokoladenkuchen kippelt auf einer Obstschale. Im Spülbecken stapelt sich schmutziges Geschirr. Wasser tropft, stetig und unbemerkt, auf den Boden. VATER deckt mürrisch den Tisch. FLORA sitzt in der einen Ecke des Sofas vorm Fenster. Sie trägt Leggings mit Leopardenmuster, einen smaragdgrünen Pullover und den Filzhut, den sie nicht mehr absetzen will, seit sie sich in der letzten Woche, an ihrem siebzehnten Geburtstag, die Haare kurz geschnitten und wasserstoffblond gefärbt hat. Sie liest ein Theaterstück. In der anderen Sofaecke sitzt die neunjährige JASMINE, ihr komplettes Gegenteil: klein und schmal, mit verfilzten schwarzen Haaren, die ihr bis zur Taille reichen, in einer langen schwarzen Tunika über einer schwarzen Jeans und mit silberfarbenen, halbhohen Turnschuhen. Sie liest ein Gedicht mit dem Titel *Der Rabe* von Edgar Allan Poe. MUTTER, voller Mehlstaub und Schokospritzer, steht

am Herd. Sie wirkt gestresst. Sie probiert den Inhalt eines Topfs (es gibt Gulasch), verbrennt sich die Zunge und wirft den Löffel ins Spülbecken.
ANMERKUNG 1: Das ganze letzte Jahr hat sonntags immer Zoran gekocht, unser Au-pair, der anfangs nur Würstchen warm machen konnte, inzwischen aber ein richtig guter Koch geworden ist. Heute Abend kommt er – zum ersten Mal, seit er vor einem Monat ausgezogen ist, um als Klavier- und Gitarrenlehrer zu arbeiten – zum Essen und Mutter will ihn unbedingt beeindrucken.

VATER

Eigentlich müsste ich an meinem Buch sitzen, statt den Tisch zu decken. Erklärt mir noch mal jemand, was das alles hier soll?

FLORA

(grinsend, ohne den Blick von ihrem Theaterstück zu heben)

Mum will uns beweisen, dass sie genauso gut kochen kann wie Zoran.

MUTTER

Ich mache doch nur eine Kleinigkeit zu essen, für einen alten Freund.

VATER

Nach einer Kleinigkeit sieht das aber nicht gerade aus, eher nach ...

MUTTER

Was?

VATER

Völlerei.

Mutter funkelt Vater wütend an. Einen Moment lang sieht es so aus, als wollte sie ihm den Topf mit Gulasch an den Kopf werfen, doch dann segelt ein Fußball durch die Gartentür herein (die trotz der kalten Nachtluft offen steht, weil es in der Küche so heiß ist), gefolgt von TWIG.
Der Ball kracht gegen den gedeckten Tisch und mehrere Gläser gehen zu Bruch.
ANMERKUNG 2: Seit Twig im Sommer elf geworden ist, macht sich die ganze Familie darüber lustig, dass seine Beine so schnell gewachsen sind, dass er kaum noch weiß, wohin mit ihnen. Und tatsächlich, Twig ist noch nicht ganz in die Küche gestürmt, dem Ball hinterher, als er auch schon über die eigenen Füße stolpert und der Länge nach auf dem Boden landet, wo er eine Spur aus Matsch und feuchten Blättern hinterlässt.

TWIG

(ziemlich beeindruckt von dem Schaden, den er angerichtet hat)

Das war keine Absicht, ich schwör's.

Das Telefon klingelt. Mutter nimmt ab und macht ein zunehmend enttäuschtes Gesicht, während sie Sätze wie ›natürlich, ich verstehe‹ und ›sag Bescheid, wenn wir dir irgendwie helfen können‹ murmelt.

MUTTER

(legt den Hörer auf, offensichtlich den Tränen nahe)

Das war Zoran. Irgendjemand hatte einen Herzinfarkt. Er kann nicht kommen.

VATER

(mit einem Blick auf den verwüsteten Tisch)

Und das war jetzt alles umsonst?

MUTTER

David, jemand hatte einen *Herzinfarkt*.

Erst jetzt bemerkt sie den KAMERAMANN (Blue).

MUTTER

Blue, was machst du da mit der Kamera?

KAMERAMANN

Ich fange wieder mit meinem Tagebuch an.

MUTTER

Schalt sie aus. *Sofort*.

Sonntag, 3. November

Ich habe festgestellt, dass die Leute immer nur dann Tagebuch schreiben – also so richtig, meine ich –, wenn irgendwas nicht in Ordnung ist. Während der letzten Monate habe ich gerade mal ein halbes Notizbuch verbraucht und das meiste sind so Einträge wie ›Kaum zu glauben, dass ich schon so lange nichts mehr geschrieben habe‹ oder ›Ogott, jetzt sind die Ferien schon wieder vorbei, ohne dass ich dieses Buch auch nur ein Mal aufgeschlagen habe‹, aber ab heute bin ich wieder voll dabei, denn Mum und Dad haben wieder angefangen zu streiten. Letztes Jahr, bevor Zoran bei uns Au-pair wurde, wäre unsere Familie fast daran kaputtgegangen, dass meine Zwillingsschwester Iris drei Jahre vorher gestorben war und wir sie alle noch so sehr vermissten. Aber als er dann zu uns kam, wurde alles wieder besser. So viel besser, dass wir ihn, als er zu Weihnachten kündigen wollte, nicht wieder weggelassen haben. Und obwohl Mum und Dad beschlossen hatten, den Job zu wechseln, um öfter zu Hause sein zu können (Dad ist jetzt hauptberuflich Schriftsteller und Mum arbeitet bei einer kleineren Kosmetikfirma, für die sie nicht auf Reisen gehen muss), ist er noch bis zum Sommer bei uns geblieben. Dann war er schließlich mit seiner Doktorarbeit in Geschichte des Mittelalters fertig und verkündete, für ihn wäre es nun an der Zeit, etwas Neues anzufangen.

»Ich kann nicht ewig euer Kindermädchen bleiben«, sagte er, als wir ihn fragten, warum. Er gibt schon seit Anfang des Jahres Klavier- und Gitarrenunterricht und jetzt will er Vollzeit-Musiklehrer werden.

Zu Anfang haben Mum und Dad sich richtig Mühe gegeben, nachdem sie ihre alten Jobs gekündigt hatten; nicht nur mit uns, auch miteinander. Sie haben aufgehört zu streiten und sind stattdessen ständig zu irgendwelchen romantischen Wochenenden auf dem Land verschwunden. Offenbar hatten sie eine Menge nachzuholen und mit vier Kindern im Haus kann man nun mal nicht romantisch sein. Flora fand das einen Skandal. Sie meinte, altersmäßig sei sie die Einzige, der es zustand, heimlich irgendwo rumzuknutschen, und Mum und Dad würden sich vollkommen lächerlich machen, aber die beiden waren glücklich, deshalb war uns das egal. Und dann, ungefähr zur selben Zeit, als Zoran ausgezogen ist, war es mit dem Geknutsche plötzlich vorbei. Heute Morgen hatten die beiden einen Riesenstreit und haben den Rest des Tages kaum noch miteinander gesprochen. Flora sagt, wir sollten uns *ins Unvermeidliche fügen*. Letztes Jahr Weihnachten hatten wir fest damit gerechnet, dass unsere Eltern sich scheiden lassen würden, und wie es aussieht, sind die dazwischenliegenden Monate nur eine Galgenfrist gewesen.

Ich weiß nicht, ob zwischen Zorans Auszug und den Streitereien von Mum und Dad irgendein Zusammenhang besteht. Ich weiß nur, dass es bei uns zu Hause sehr viel besser lief, als Zoran noch da war – auch wenn das mit dem Auf-uns-Aufpassen nicht immer so ganz toll geklappt hat.

Der Grund, warum er heute nicht zum Essen kommen konnte, war der, dass der Großvater von einem seiner Schüler einen Schlaganfall hatte. Der Unterschied zwischen einem Herzinfarkt und einem Schlaganfall ist der, sagt Dad, dass bei einem Herzinfarkt das Blut nicht mehr zum Herzen gelangt, während es bei einem Schlaganfall nicht mehr ins Gehirn gelangt.

»Dann ist das also ein Gehirninfarkt«, sagte Twig und Dad sagte, ja, vermutlich.

»Aber wieso kann Zoran dann nicht zum Essen kommen?«, fragte Jas stirnrunzelnd.

»Weil er gerade zum Gitarrenunterricht bei diesem Schüler zu Hause war, als es passiert ist. Der Junge lebt bei seinem Großvater und hat keine anderen Angehörigen. Zoran hat angeboten, sich um ihn zu kümmern.« Mum starrte auf das Gulasch, die grünen Bohnen, das Kartoffelgratin, den Rotkohl mit Äpfeln und Rosinen, den Schokoladenkuchen und die Vanillesoße und seufzte.

»Diese armen Leute«, sagte sie.

»Muss der Großvater jetzt sterben?« Jas ist vom Tod fasziniert. »Ist der Junge dann eine Waise?«

»So weit wird es hoffentlich nicht kommen«, sagte Mum. »Und jetzt hör bitte auf mit der Fragerei.«

»Ich verstehe aber immer noch nicht, warum sie nicht einfach beide zum Essen gekommen sind«, sagte Twig.

Flora sagte, »Ach, du meinst, Zoran hätte zu ihm sagen sollen, ich weiß, dass dein einziger Verwandter eben fast gestorben wäre, aber willst du nicht trotzdem mitkommen und bei wildfremden Leuten zu Abend essen?«

»Wir sind keine wildfremden Leute«, sagte Twig.

»Ich kann mir gar nicht vorstellen, nur einen Verwandten zu haben«, sagte ich. »Das muss schrecklich sein.«

Wie üblich hörte mir niemand zu, außer Mum, die mich kurz anlächelte. Laut Zoran gibt es in jeder Familie ein Kind, das weniger laut ist als die anderen, und manchmal habe ich das Gefühl, unsichtbar zu sein. Vielleicht liegt es daran, dass ich, im Gegensatz zu Flora und Jas, keine dramatischen Frisuren oder Klamotten trage. Meine Haare sind braun und ganz normal, was ich anziehe, passt irgendwie nie zusammen, und obwohl ich vierzehn bin, trage ich immer noch die kleine runde Brille, die ich mit zwölf bekommen habe. So was ist mir einfach nicht wichtig. Ich wäre nur froh, wenn ab und zu mal jemand mitkriegen würde, dass ich auch was gesagt habe.

»Aber wieso kümmert sich Zoran jetzt um ihn?«, bohrte Jas weiter. »Ich dachte, er wollte kein Kindermädchen mehr sein. Wenn er noch bei uns wohnen würde, würde der Junge mit dem Großvater dann auch zu uns ziehen? Könnten sie nicht einfach beide hier wohnen?«

»HÖR JETZT AUF MIT DER FRAGEREI!«, sagte Dad.

»Sie fragt doch nur, weil sie's wissen will«, sagte Mum.

»Eben hast du genau dasselbe zu ihr gesagt.«

»Das war was anderes.«

»War es nicht.«

»War es doch.«

»Manchmal«, sagte Jas, »hätte ich nichts dagegen, eine Waise zu sein.«

»Wie kannst du so was Schreckliches sagen?«, schimpfte Flora, aber dann gab sie zu, dass ihr das manchmal auch so ging, und für den Rest des Abends hatten alle schlechte Laune.

Montag, 4. November (der erste Tag der Herbstferien)

Jake hat mich gefragt, ob ich mit ihm gehen will. Er ist heute nach Australien geflogen, zur Hochzeit seiner Tante. Die Ferien dauern zwar nur eine Woche, aber weil Australien so weit weg ist und es sich nicht nur um eine *wirklich wichtige Familienangelegenheit* handelt, sondern auch um eine *höchst lehrreiche Unternehmung*, hat ihm Gott (alias Mr Kelly, der Schulleiter) einen einmonatigen

Sonderurlaub bewilligt. Am Freitag hat Tom – neben Colin immer noch Jakes bester Freund, aus Gründen, die ich manchmal nur schwer nachvollziehen kann – dann ständig rumgetönt, BOAH EY, ALTER, VIER WOCHEN KEINE SCHULE UND DANN AUCH NOCH ALLES VOLL MIT SCHARFEN SURFMIEZEN, aber Jake wurde plötzlich ganz ernst, und heute Morgen rief er an und wollte sich mit mir im *Home Sweet Home* treffen, bevor er zum Flughafen fuhr, und da hat er mich dann gefragt.

Für Jake bin ich eindeutig nicht unsichtbar.

»Bei dem Gedanken, dich einen ganzen Monat lang nicht zu sehen«, sagte er, »ist mir klar geworden, wie sehr ich dich mag.« Er hat mich gefragt, ob ich auf ihn warten würde, und ich hätte mich fast an meinem Cappuccino verschluckt, weil ich Jake, auch wenn ich ihn schon seit der Grundschule kenne, noch nie auf diese Weise betrachtet habe und so eine Frage ungefähr das Letzte war, was ich von ihm erwartet hätte. Voriges Jahr, als es mir wegen Iris immer noch so schlecht ging, hat er mir das Skateboardfahren beigebracht, und seitdem ist er einer meiner besten Freunde, aber mit jemandem befreundet zu sein, ist was ganz anderes, als mit ihm zu gehen. Während ich noch nach Worten suchte, um ihm das zu erklären, fragte er, »Blue, alles in Ordnung mit dir?«, und wirkte dabei so nervös und verunsichert, dass ich stattdessen sagte, ja, ich fände es sehr nett, mit ihm zu gehen.

Als ich nach Hause kam, bin ich sofort auf das Flachdach vor meinem Fenster geklettert (der einzige Ort in unserem Haus, wo man wirklich seine Ruhe hat), um Dodi anzurufen. Dodi ist so total anders als ich, wie man es als beste Freundin nur sein kann. Sie ist blond und mädchenhaft, sie schwärmt für Mode, und auch wenn sie noch nie einen Freund hatte, ist sie sehr an Jungs interessiert.

»Erzähl mir ganz genau, was passiert ist«, sagte Dodi.

»Er hat gefragt, ob ich auf ihn warten würde, und dann hat er mich auf die Wange geküsst und ein bisschen meine Hand gehalten, und ich musste versprechen, ihm jeden Tag zu mailen.«

Dodi seufzte und sagte, damit wären wir quasi verheiratet.

»Es war nicht besonders leidenschaftlich«, sagte ich.

Dodi meint, das läge daran, dass wir so gute Freunde sind. Sie meint, es wäre schwierig, leidenschaftlich zu sein, wenn man jemanden schon so gut kennt, aber nach einem Monat der Trennung würde die Flamme unserer Leidenschaft umso heißer glühen.

Also mal ehrlich. *Umso heißer glühen*. Dodi ist eine von denen, die zu allem eine Meinung haben. Ich frage mich oft, wie sich das wohl anfühlt, so zu sein, immer so vollkommen von sich überzeugt.

»Du meinst also, ich sollte mit ihm gehen?«, fragte ich.

»Du hast doch sowieso schon Ja gesagt, oder?« Sie klang richtig aufgeregt. Ich wollte ihr erklären, dass befreundet sein und miteinander gehen zwei völlig verschiedene Dinge sind, aber Dodi hat nicht nur zu allem eine Meinung, sie hört mir auch oft nicht zu.

»Ihr beide seid bestimmt total süß zusammen«, sagte sie, aber dann wurde das Gespräch von meiner Familie unterbrochen, die plötzlich anfing, unten im Garten herumzubrüllen.

»Was ist denn jetzt schon wieder los?« Dodis Eltern sind sehr beherrscht und sie hat keine Geschwister, deshalb findet sie uns immer wahnsinnig spannend.

Ich schob mich bis zur Dachkante vor. Unten stand Dad neben dem Käfig, in dem Twig und Jas ihre Ratten halten, umringt von den übrigen Familienmitgliedern, die alle auf ihn einschrien.

»Ich rufe dich später wieder an«, sagte ich zu Dodi.

Anlass für die Aufregung war, dass Dad heute Morgen die Ratten aus dem Käfig gelassen hat. Normalerweise füttert Jas sie immer, aber die wollte gestern bei ihrer Freundin Lola übernachten, darum hatte Dad das übernommen, aber dann hat er vergessen, den Käfig wieder zuzumachen, und jetzt sind sie alle weggelaufen. Als Jas nach Hause kam, stand die Käfigtür sperrangelweit offen.

Zu seiner Verteidigung meinte Dad, die Ratten wären jetzt doch bestimmt viel glücklicher, so frei, wie Gott sie erschaffen hat, aber Jas rief, »Die sind doch gar nicht an die Wildnis gewöhnt.« Dad entgegnete, Chatsworth Square könne man wohl kaum als Wildnis bezeichnen, woraufhin Jas schluchzend hervorstieß, er hätte ihr für immer das Herz gebrochen, und dann mischte sich auch noch Mum ein und sagte, »Also wirklich, David, die Haustiere der Kinder umzubringen, bringt das Fass zum Überlaufen.«

»Ich habe sie nicht umgebracht!«, schrie Dad. »Das war ein Versehen! Und außerdem sind das Ratten! Die kommen überall klar!«

Alle sieben Ratten sind weg. Twig, der seinen Kumpels versprochen hatte, ihnen Betsys Junge zu verkaufen, warf Dad vor, er habe seine Karriere ruiniert. Jas weinte noch lauter, weil sie noch gar nicht bemerkt hatte, dass Betsy trächtig war, aber niemand hörte auf sie, weil Dad jetzt »Freiheit! Freiheit!« brüllte, wie ein durchgeknallter Ratten-Revolutionär. Mum sagte, politischer Idealismus sei keine Entschuldigung, schon gar nicht in Bezug auf Ratten, und dann fing Dad plötzlich an, mit den Armen zu rudern und herumzuschreien, keiner würde verstehen, wie schwer es für ihn sei, den ganzen Tag in seinem Arbeitszimmer sitzen und einen Roman schreiben zu müssen, in dem Wissen, dass das WOHLERGEHEN DER GESAMTEN FAMILIE auf seinen Schultern ruht, woraufhin wir uns alle auf Zehenspitzen davonschlichen, weil unser Vater jetzt offenbar endgültig den Verstand verloren hatte.

Bevor ich das hier aufgeschrieben habe, habe ich Jake eine Mail geschickt und ihm die ganze Geschichte erzählt. Ich finde, wo ich nun schon mal eingewilligt habe, mit ihm zu gehen, muss ich ihm auch alles erzählen, obwohl es nicht immer leicht ist, die richtigen Worte zu finden. Schließlich möchte niemand, dass die Leute denken, man hätte einen Irren zum Vater. Danach habe ich Zoran angerufen, um zu sehen, ob er vielleicht helfen kann, aber er sagt, da kann er auch nichts machen. Wenn Ratten erst mal weg sind, kommen sie nicht mehr wieder, nach Zorans Meinung.

Der Großvater seines Gitarrenschülers von gestern Abend, ein Mr Rudowski, ist nach seinem Schlaganfall noch nicht wieder aufgewacht. Und sein Schüler, der Zach heißt, wohnt immer noch bei ihm, weil die Mutter des Jungen sich bisher nicht gemeldet hat, obwohl Zoran schon mehrfach versucht hat, sie zu erreichen.

»Zach sagt, sie lebt im Ausland«, erklärte er.

»Und wieso wohnt er bei seinem Großvater?«, fragte ich.

Zoran meinte, das sei ziemlich kompliziert.

»Und warum meldet sie sich nicht?«

»Keine Ahnung, Blue. Ich wäre froh, wenn sie's täte, glaub mir.«

Und ich wäre froh, wenn Zoran wieder nach Hause käme und bei uns wohnen würde, aber im Gegensatz zu Jas wünsche ich mir nie, eine Waise zu sein. Mir sind Eltern, die sich anbrüllen, immer noch lieber als gar keine Eltern.

Donnerstag, 7. November

Jas kam heute Nachmittag zu mir ins Zimmer und ich wusste sofort, dass irgendetwas nicht stimmt, weil sie kein einziges Wort über meine Wand verlor, die ich den ganzen Tag lang vom Boden bis zur Decke mit silberglänzendem Heizungslack gestrichen habe. Was man halt so tut, wenn die Großmutter, bei der man normalerweise die Herbstferien verbringen würde, plötzlich beschließt, dem Alter zu trotzen und einen dreimonatigen Reiturlaub in Arizona zu verbringen. Ich war gerade dabei, die letzte Schicht aufzutragen, als sie durch die Tür schlüpfte (also Jas, nicht Grandma) und sagte: »Du musst mir helfen.«

»Wenn ich jetzt aufhöre«, erklärte ich ihr, »weiß ich nicht mehr, wo ich schon gestrichen habe, und dann wird die Farbe ungleichmäßig. Geh und frag Flora.«

»Flora ist beim Vorsprechen für ein Theaterstück. Aber das darf ich gar nicht wissen.«

Eigentlich dürfte keiner von uns etwas über Floras Vorsprechtermine wissen, denn eigentlich dürfte sie keine haben. Flora macht im Juni ihren Schulabschluss und alle Theaterengagements sind *strengstens untersagt*.

»Was ist mit Twig?«

Jas' Miene verdüsterte sich.

»Der ist beim Friseur«, schnaubte sie.

Twig ist nämlich nicht nur sehr groß geworden, sondern seit neuestem auch geradezu besessen von seinem Aussehen. Das nervt Jas, weil er jetzt nie mehr Zeit zum Spielen hat. Früher hießen die beiden zusammen bei uns immer nur ›die Kleinen‹, aber das passt jetzt nicht mehr, hauptsächlich weil sie eigentlich kaum mehr zusammen sind.

»Es gibt Schlimmeres«, versuchte ich sie aufzumuntern. »Stell dir vor, er wär einer von diesen Jungs, die sich nie waschen.«

»Ich find's unmöglich. Und alles nur wegen dieser blöden Maisie

Carter in seiner Klasse. In die ist er nämlich verknallt. Du musst mir helfen.«

»Ich muss erst mal mein Zimmer fertig streichen.«

»Dann bleibe ich hier, bis du's dir anders überlegst«, sagte sie und setzte sich auf den Boden.

»Ich ignoriere dich einfach«, warnte ich sie.

»Gut«, erwiderte sie.

Nach einer Weile hörte ich auf, ihre finsteren Blicke im Rücken zu spüren, und hatte fast schon vergessen, dass sie da war, als sie plötzlich sagte, »Ich habe zwei Katzenbabys auf dem Friedhof gefunden«, woraufhin mir der Pinsel aus der Hand fiel.

Jetzt ist der Boden in meinem Zimmer voll silberner Spritzer, aber unter diesen Umständen ist das wohl nicht weiter wichtig. Der Friedhof liegt mehrere Straßen entfernt, und auch wenn uns, soweit ich weiß, niemand ausdrücklich verboten hat, dort hinzugehen, bin ich ziemlich sicher, dass Jas zumindest nicht allein hingehen sollte.

»Was hattest du denn auf dem Friedhof zu suchen?«, fragte ich.

»Ich bin da ziemlich oft«, antwortete sie. »Da ist es ganz still und es gibt so ein wunderschönes Grab, von einer alten Dame namens Violet Buttercream, wo ich immer gern sitze.«

»Violet Buttercream?«

Jas meinte, darum ginge es doch jetzt gar nicht.

»Ich habe sie im Schuppen versteckt«, sagte sie. »Und du musst jetzt sofort mitkommen.«

So viel zu ihrem gebrochenen Herzen. Die Ratten hat sie offenbar längst vergessen.

Samstag, 9. November

Gestern Abend war keine Zeit mehr, über die Katzenbabys zu schreiben. Verwaiste Katzenbabys brauchen nämlich ständige Aufmerksamkeit, was ganz besonders schwierig ist, wenn man sie gleichzeitig geheim halten muss.

»Warum eigentlich?«, fragte ich. »Warum müssen wir sie geheim halten?«

»Weil es meine sind«, knurrte Jas. »Dad würde sie bloß wieder freilassen und Twig würde versuchen, sie zu verkaufen.«

»Und du bist auch ganz sicher, dass sie keine Mutter mehr haben?«

»Ich habe sie zwei Tage lang beobachtet. Sonst hat sie die Kleinen nie länger als ein paar Minuten allein gelassen, aber heute war sie nach Stunden immer noch nicht zurück. Ich glaube, ihr ist was passiert.«

Und so haben die Katzenbabys jetzt ihr eigenes kleines Nest im Schuppen. Wir haben einen elektrischen Heizkörper aufgestellt, damit sie nicht frieren, und einen Pappkarton mit alten Pullovern und Decken ausgelegt, und dann sind wir zur Zoohandlung gegangen, wo Jas von ihrem Ersparten ein Katzenklo und Katzenfutter gekauft hat.

So was Mageres wie diese Kätzchen habe ich echt noch nie gesehen, aber sie sind trotzdem supersüß. Eins ist ein Männchen, das andere ein Weibchen, beide komplett schwarz, mit riesig langen schwarzen Schnurrbarthaaren, die viel zu groß aussehen für ihren kleinen Körper. Jas hat gesagt, ich soll mit meinem Handy ein Foto von ihnen machen, damit sie es der Frau in der Zoohandlung zeigen kann, und die hat gesagt, sie wären ungefähr sieben Wochen alt. Sie hat auch gesagt, Jas sollte mit ihnen zum Tierarzt gehen, aber Jas sagt, das ist zu teuer.

Ich weiß allerdings nicht, wie lange sie glaubt die beiden geheim halten zu können. Heute Nachmittag ist Zoran bei uns vorbeigekommen, auf seinem neuen Elektroroller, den Flora total albern findet. Sonst kriegt Zoran vom Rollerfahren immer gute Laune, aber als er heute reinkam, machte er ein so trübsinniges Gesicht, dass Jas ihn sofort zum Schuppen gezerrt hat, um sie ihm zu zeigen.

»Das Männchen habe ich Ron genannt«, sagte sie. »Und das Weibchen heißt Hermine.«

»Die sind wirklich süß«, sagte Zoran, guckte aber immer noch ziemlich traurig. Wir gingen in die Küche zurück, wo Twig, der sich aus unerfindlichen Gründen das Backen beibringen will, gerade ein Blech mit perfekt gelungenen Nuss-Rosinen-Plätzchen aus dem Ofen zog, aber nicht mal das konnte Zoran aufheitern. Während wir sie aßen, erzählte Flora von ihrem Vorsprechtermin. Sie ist jetzt unter den letzten drei Kandidaten für eine kleine, aber *sehr wichtige* Rolle in einem Theater im Londoner West End, aber wir sollen unseren Eltern immer noch nichts davon sagen. Sie erzählte uns die Handlung bis ins letzte Detail und sagte dann: »Also, Zoran, was ist los? Du hast mir gar nicht zugehört.«

»Keiner von uns hat dir zugehört«, warf Twig ein.

»Wohnt dieser Junge immer noch bei dir?«, fragte Flora.

Zoran seufzte und sagte, er bräuchte unseren Rat. Mr Rudkowski ist heute Morgen aus seiner Bewusstlosigkeit aufgewacht, aber er kann noch nicht nach Hause zurück. Stattdessen soll er in eine Klinik auf dem Land verlegt werden, außerhalb von London, um dort wieder zu lernen, wie man läuft und isst und aufrecht sitzt, weil eine Hälfte seines Körpers vergessen hat, wie das alles geht.

Er hat Zoran gefragt, ob Zach bei ihm wohnen bleiben könnte, »bis sich eine andere Lösung findet«.

»Was für eine andere Lösung?«, fragte Flora.

»Bis seine Mutter sich meldet, nehme ich an.« Zoran erklärte den anderen, was ich schon wusste, nämlich, dass sie auf seine Anrufe bisher nicht reagiert hat. Und dann meinte er noch, Zach und seine Mutter hätten schon ganz lange bei seinen Großeltern gewohnt, seit der Trennung von Zachs Vater, als Zach noch ganz klein war. Vor zwei Jahren wäre dann aber Zachs Großmutter gestorben und danach hätten sich seine Mutter und sein Großvater zerstritten.

»Sie hat Zach bei seinem Großvater zurückgelassen und seitdem haben die beiden sie nicht mehr gesehen«, sagte Zoran.

»Was bedeutet zerstritten?«, wollte Jas wissen.

»Dass sie nicht mehr miteinander reden.«

»*Nie mehr?*« Jas schien entsetzt.

»Was ist mit Zach?«, fragte Twig. »Redet er noch mit ihr?«

»Ich weiß, dass sie sich ab und zu E-Mails schreiben, aber er hat auch noch nichts von ihr gehört.«

»Was hast du Mr Rudowski geantwortet?«, wollte Flora wissen. »Hast du Ja gesagt?«

»Was hätte ich sonst tun sollen?«, antwortete Zoran. »Der arme Junge hat doch nur die Wahl zwischen mir oder einer Pflegefamilie, die er überhaupt nicht kennt. Und ich mag Mr Rudowski. Er trauert immer noch um seine Frau und redet nicht viel, aber er ist ein netter alter Herr und ein Freund von Tante Alina. Sie war es, die den Kontakt zwischen uns hergestellt hat.«

Alina ist Zorans Großtante, die ihn aufgezogen hat, nachdem er vor dem Krieg in Bosnien nach England geflohen war. Zoran liebt sie über alles.

»Dann bist du jetzt also *sein* Kindermädchen.« Jas' Unterlippe fing an zu zittern.

»Wohl kaum«, sagte Zoran. »Ein Siebzehnjähriger braucht kein Kindermädchen mehr. Eher einen Vormund, würde ich sagen. Und auch nur für kurze Zeit. Nicht so wie bei euch. Verstehst du das nicht, Jas? Er braucht mich jetzt.«

»So, wie du dich um die Kätzchen kümmerst«, flüsterte ich ihr ins Ohr. Jas nickte widerstrebend.

»Du hast gesagt, du bräuchtest unseren Rat«, sagte Flora.

Zoran seufzte wieder und sagte, er hätte Zach immer gern gemocht, aber es sei schon ein großer Unterschied, ob man jemanden eine Stunde pro Woche unterrichtet oder mit ihm zusammenwohnt, und wie er Zach wohl dazu kriegen könnte, mit ihm zu reden? »Im Moment«, sagte Zoran, »behandelt er mich quasi wie Luft. Ich verstehe ja, dass er wütend ist und sich Sorgen macht, aber heute Morgen wollte er nicht mal frühstücken! Angeblich hatte er keinen Hunger.«

»Ich frühstücke nie«, sagte Flora.

»Ich habe *Pfannkuchen* gebacken!« Zoran guckte so empört, dass wir uns ziemlich zusammennehmen mussten, um ihn nicht auszulachen. »Ich bin es nicht gewohnt, mit jemandem nicht klarzukommen«, sagte er. »Ich dachte immer, ich könnte gut mit Jugendlichen umgehen.«

»Du kannst doch nicht alle Jugendlichen in einen Topf werfen«, belehrte ihn Flora. »Wir sind auch nicht alle gleich. Nur weil du glaubst, du könntest *gut mit uns umgehen*, muss das ja trotzdem nicht für jeden Einzelnen von uns gelten.«

»Außerdem wollen manche auch gar keine Hilfe«, fügte ich hinzu. »Du kannst ihn nicht dazu zwingen, mit dir zu reden.«

»Spielt er auch bei deinem Konzert?«, fragte Twig.

Viele von Zorans Schülern bereiten sich gerade auf eine Art Hauskonzert vor, nur wir nicht, weil Flora meint, dass es sicher grauenvoll wird, und insgeheim geben wir ihr alle Recht. Sollte unser musikalisches Niveau nach fast einem Jahr Unterricht irgendein Maßstab sein, mache ich mir für seine übrigen Schüler wenig Hoffnung.

Zoran sagte, er hätte ihn gefragt, aber Zach hätte Nein gesagt.

»Du musst ihm schmeicheln«, riet Flora. »Jungs brauchen das. Sag ihm, ohne ihn wird das Konzert ein Flop.«

»Und wir kommen dann alle zum Anfeuern«, sagte ich. »Wir jubeln ihm so laut zu, dass er sich ganz toll fühlt, und das wird ein unzertrennbares Band zwischen euch schmieden.«

»Oder alle finden ihn schrecklich und er redet nie wieder ein Wort mit dir«, sagte Flora.

»Tut er doch jetzt schon nicht«, wandte Twig ein und Flora sagte, das sei natürlich wahr, in der Hinsicht hätte Zoran also nichts zu verlieren.

Zoran schien nicht überzeugt, meinte aber, er würde es noch mal versuchen.

Sonntag, 10. November

Heute habe ich eine Mail von Jake bekommen, in der er schreibt, das Wetter in Australien sei echt der Hammer und Surfen sei ein bisschen wie Skateboardfahren, nur sehr viel nasser.

Gestern war die Hochzeit seiner Cousine. Die Party fand am Strand statt und alle Hochzeitsgäste haben eine riesige Polonaise durch die Wellen gemacht, und das war anscheinend auch der Hammer. Dann schrieb er noch, meine Mails wären so umwerfend komisch, dass er sie immer all seinen australischen Verwandten vorliest, die sich über die Geschichte von Dad und den Ratten fast totgelacht hätten und meine Familie ziemlich durchgeknallt fänden, worüber ich nicht sehr glücklich bin, denn auch wenn das ein bisschen stimmt, steht es ihm trotzdem nicht zu, das zu sagen.

»Außerdem ist es nicht gerade romantisch«, bestätigte Dodi, als ich ihr davon erzählte. Sie wollte, dass ich Jake sofort zurückschreibe, so in dem Stil, ich sei zwar froh, dass seine Verwandtschaft mich so unterhaltsam findet, sei aber doch davon ausgegangen, dass unsere Korrespondenz vertraulich ist.

»Das klingt dann aber so, als wäre ich sauer auf ihn«, wandte ich ein.

»Bist du doch auch«, erwiderte Dodi. Ich sagte, ja, aber ich wolle ihn schließlich nicht kränken, und das fand Dodi dann ein bisschen armselig.

Diese Sache mit Jungs ist irgendwie ganz schön kompliziert, dabei ist Jake noch nicht mal im selben Land wie ich.

Dienstag, 12. November

Ron und Hermine machen ihren magischen Namen alle Ehre.

Als ich heute von der Schule nach Hause kam, musste ich gleich wieder los, um Jas bei Zoran abzuholen, weil sie nach einem Streit mit Dad zu ihm gerannt war. Zoran hatte angerufen und Bescheid gesagt, dass sie bei ihm ist.

»Ich weiß auch nicht, was mit diesem Kind los ist«, knurrte

Dad, als ich von der Schule nach Hause kam. »Ihr wisst alle ganz genau, dass ich beim Schreiben nicht gestört werden will, aber sie ist trotzdem bei mir reingeplatzt, mitten in einem besonders schwierigen Kapitel, und als ich dann sagte, sie solle wieder gehen, ist sie einfach wieder rausgestürmt. Ich konnte ja nicht ahnen, dass sie gleich bis zu Zoran läuft.«

Zoran wohnt nur zehn Minuten zu Fuß von uns entfernt, aber im Gegensatz zum grünen, ruhigen Chatsworth Square mit dem großen Park in der Mitte gibt es in seiner Straße ganz viele Geschäfte und Busse und es sind ständig Leute unterwegs. Er wohnt in einer ehemaligen Villa, ganz oben im Dachgeschoss, und wenn man sich da ins Fenster setzt, fühlt man sich wie in einem Vogelnest, weil man ringsum nur noch Bäume sieht. Als ich die Treppe raufging, war ich ein bisschen aufgeregt, weil ich dachte, jetzt würde ich endlich mal Zach kennenlernen, aber auch ein bisschen unsicher, weil ich nicht wusste, was ich zu ihm sagen sollte, ohne zu verraten, dass Zoran mit uns über ihn gesprochen hat. Doch als Zoran mir die Tür aufmachte, war Zach gar nicht da, und die Wohnung sah aus wie immer, mit ihren vollgestopften Bücherregalen und den Bildern, die Alina ihm geschenkt hat, als sie ihr Haus verkauft hat und ins Altersheim gezogen ist. Im Radio spielte Klaviermusik und es roch nach Earl Grey und frischer Farbe und blauen Topfblumen, und Jas saß gemütlich im Wohnzimmer, in einem Pullover von Zoran und mit seinem Federbett über den Beinen. Sie tat so, als würde sie Hausaufgaben machen, aber in Wirklichkeit spielte sie mit den beiden Kätzchen, die in Zorans Gitarrenkoffer herumtollten, der neben ihr auf dem Sofa lag.

»Was willst du denn hier?«, fragte sie. »Ich bin durchaus in der Lage, allein nach Hause zu gehen.«

»Wie sind denn die Katzen hier hergekommen?«, fragte ich.

»In meiner Jackentasche«, sagte sie, als wäre das selbstverständlich.

»Deine Schwester wurde vom Regen überrascht«, erklärte mir Zoran. »Als sie hier ankam, war sie nass bis auf die Haut.«

Zoran kann es überhaupt nicht leiden, wenn Jas einfach wegläuft, also hielt er uns wieder den üblichen Vortrag darüber, dass Jas immer noch ziemlich klein ist und lernen muss, zu tun, was man ihr sagt, und dass wir anderen besser auf sie aufpassen müssen. Er merkte nicht einmal, dass Hermine vom Sofa kullerte, über den Teppich tapste und anfing, an seinem Hosenbein hochzuklettern.

»Es war purer Zufall, dass zwei meiner Schüler für heute Nachmittag abgesagt haben und ich zu Hause war. Purer Zufall!«, schimpfte Zoran.

»Wo ist denn dieser Junge?«, fragte ich, um ihn vom Thema abzulenken.

»Dienstags hat er Fußballtraining.«

Ich setzte mich neben Jas aufs Sofa und kraulte Ron, der so laut zu schnurren anfing, als würde er gleich vor Begeisterung platzen. Unglaublich, dass etwas so Kleines einen solchen Lärm machen kann. Dann ließ ich noch mal den Blick durch die Wohnung schweifen und stellte fest, dass der Junge namens Zach noch keinerlei Spuren hinterlassen hatte.

»Wo hat er denn seine ganzen Sachen?«, fragte ich. »Kann ich mir mal sein Zimmer ansehen?«

»Das ist privat«, sagte Zoran und dann schrie er auf, weil Hermine die Zähne in seine Hand grub und ihm auf der Suche nach Halt mit den Hinterläufen den Unterarm zerkratzte.

Katzenbabys haben erstaunlich scharfe Krallen.

Ich weiß, dass er es mir eigentlich verboten hatte, aber ich mag Zorans Gästezimmer so gern, dass ich unbedingt wissen wollte, wie es aussah, wenn tatsächlich mal jemand drin wohnte. Das Zimmer ist winzig, kaum größer als ein Schrank. Bei seinem Einzug hatte Zoran eigentlich vorgehabt, es einfach als Arbeitszimmer oder so zu nutzen, aber dann wollte er doch lieber einen Raum haben, wo Leute, die ihn besuchen kommen, eine Weile wohnen können, zum Beispiel seine Schwester, die in Sarajewo lebt. Also hat er ein Bett gekauft, das so gerade eben quer vors Fenster passt, hat Haken und Regale und sogar einen Klapptisch angebracht, die Wände blassblau gestrichen, wie der Himmel, und diese roten und grünen Glaskugeln von Schleppnetzen aufgehängt, die man manchmal am Strand findet. Das Ganze sieht jetzt aus wie eine Schiffskabine, in der alles seinen festen Platz hat, aber als ich die Tür öffnete, war ich ziemlich enttäuscht, weil gar nichts aufgehängt oder eingeräumt war, sondern alle Klamotten und Schulbücher einfach auf dem Boden verstreut lagen.

»Viel Mühe scheint er sich ja nicht zu geben.«

»Ich sage ja, er ist nicht gerade begeistert von unserem Arrangement«, bestätigte Zoran und fügte hinzu: »Du solltest Jas und diese Viecher jetzt nach Hause bringen. Meine Hand blutet ziemlich.«

»Tritt er denn nun bei deinem Konzert auf?«

»Nein. Anscheinend gibt er grundsätzlich keine Konzerte.«

Zoran fasste Hermine um den Bauch, so dass ihr Kopf und ihre Beinchen seitlich herausguckten und sie ihn nicht wieder kratzen konnte, und hielt sie mir hin.

»Ron hat eben auf dein Federbett gepinkelt«, sagte Jas.

Zoran schloss die Augen und stieß ein leises Wimmern aus. Jas stopfte Ron in ihre eine Jackentasche, Hermine in die andere, und wir schlichen uns aus der Wohnung.

Armer Zoran. Er wirkte so frustriert, als wir gingen, mit seinen zerkratzten Händen und dem vollgepinkelten Federbett; aber der Grund, warum ich geschrieben habe, Ron und Hermine würden ihren magischen Namen alle Ehre machen, war noch ein anderer. Als Zach nämlich zurückkam und sich von Zoran, der gerade schimpfend und fluchend sein Federbett in die Waschmaschine stopfte, die ganze Geschichte mit den Katzen erzählen ließ, fand er sie so ungeheuer lustig, dass er plötzlich doch einverstanden war, bei dem Konzert mitzumachen.

»Ich glaube, ich habe ihm leidgetan«, sagte Zoran, als er anrief, um uns die Neuigkeit mitzuteilen.

»Niemand mag Katzenpisse«, bestätigte ich. »Hast du ihm auch geschmeichelt, wie Flora dir geraten hat?«

Zoran meinte, das ginge mich überhaupt nichts an, aber ich wette, er hat es getan. Ich sehe es förmlich vor mir, wie Zach sich scheckiglacht und Zoran genau diesen Moment dazu nutzt, ihm zu erzählen, wie unglaublich begabt er ist. Das ist nämlich der Trick bei Zoran: Er ist so nett, dass man, wenn er etwas von einem will, immer erst hinterher merkt, worauf man sich da eingelassen hat.

»Am Ende muss ich diesen kleinen Biestern wohl noch dankbar sein«, sagte Zoran. »Das war immerhin das erste Mal, dass Zach gelacht hat, seit er hier ist.«

Und Jas tut jetzt natürlich so, als hätte sie das alles mit Absicht gemacht.

Mittwoch, 13. November

In der Schule ist es ganz komisch ohne Jake. Heute hat Miss Foundry in Englisch über die Brontë-Schwestern gesprochen. »Diese düsteren Moore!«, rief sie. »Diese tragische Tuberkulose! Die Schrecken der damaligen Erziehung!«, aber weil sie das ›sch‹ nicht richtig aussprechen kann, kam es als *tragiche Tuberkulose* und *Chrecken der damaligen Erziehung* heraus.

Daraufhin fragte Tom, »Miss Foundry, wie *chreibt* man Brontë?«

Und Miss Foundry, die nie merkt, wenn man sie auf den Arm nimmt, antwortete, mit zwei Punkten über dem ›e‹.

»Genau, wie ich es an die Tafel *gechrieben* habe«, fügte sie hinzu und Tom und Colin wären fast zusammengebrochen. Das ist natürlich gemein, aber es überkommt sie jedes Mal, und irgendwas an ihrem Lachen wirkt immer so ansteckend, dass die ganze Klasse mitlacht. Und da musste ich dann plötzlich an Jake denken. Sonst sind es immer drei, die im Unterricht herumkaspern, aber der Platz gleich vorn am Pult, wo alle Lehrer ihn hinsetzen, damit er nicht ständig einschläft oder Faxen macht, war heute leer. Und auf einmal sah ich ganz genau vor mir, was er jetzt tun würde, wenn er da wäre, wie er sich mit einem Grinsen zum Rest der Klasse umdrehen würde, als wäre es immer noch der beste Witz der Welt, sich über Miss Foundrys Sprachfehler lustig zu machen.

Ein bisschen fehlt er mir schon, trotz seiner unromantischen Mails.

Samstag, 16. November

Zoran kam heute Nachmittag vorbei und fragte, ob ich Lust hätte, das Konzert zu filmen. Ich würde ihm einen großen Gefallen tun.

»Mache ich gern«, sagte ich, denn solche Filme und ihre Transkriptionen sind ein wichtiger Bestandteil meiner Tagebücher. Seit ich letztes Jahr meine Videokamera bekommen habe, verfolge ich nämlich den Plan, mein Leben in Wort und Bild festzuhalten, aber ich kriege nicht oft die Gelegenheit, jemanden außerhalb meiner Familie zu filmen.

Flora fragte, ob er inzwischen von Zachs Mutter gehört hätte, und Zoran sagte, sie hätte sich bei ihrem Vater gemeldet, es sei aber immer noch nicht klar, wann sie nach Hause käme.

»Du solltest ihr von dem Konzert erzählen«, sagte ich. »Dafür würde sie doch bestimmt kommen.«

Flora sagte, »Du glaubst doch nicht, dass sie zu Zorans Konzert kommt, wenn sie bisher noch nicht mal ihren Vater besucht hat?«

»Vielleicht schon«, erwiderte ich.

Zoran sagte, sowohl er als auch Zach hätten sie über das Konzert informiert.

»Glaubt *er* denn, dass sie kommt?«, fragte ich.

»Ich habe keine Ahnung«, erwiderte er.

Flora meinte, das würde sich alles so anhören, als wäre Zachs Mutter eine richtige Hexe.

Heute Abend hat Mum seit Ewigkeiten mal wieder Pizza gemacht, weshalb die Küche sogar noch schlimmer aussah als sonst. Beim Backen summte sie vor sich hin, das Haar voller Mehl. Als sie uns zum Essen rief, ging ich als Erstes zu ihr hin und umarmte sie ganz fest.

»Und wofür ist das?«, fragte sie.

»Einfach so, weil es dich gibt«, sagte ich. Hinter mir machte Twig ein würgendes Geräusch, aber Mum sah richtig glücklich aus. Dann kam Dad rein und sie war sofort wieder sauer.

Sonntag, 17. November

Heute Nachmittag hatte Twig ein Fußballspiel. Mum und Dad fingen wieder eine ihrer ›Bringst du ihn hin? Wieso ich? Fahr du doch! Nein du!‹-Diskussionen an, bis Flora sich einmischte und ihnen klarmachte, dass sie diesmal beide mitgehen würden, weil Twig heute erstmals mit einer richtigen Mannschaft gegen eine andere Schule antrat.

»Für ihn ist das heute ein wichtiger Tag«, sagte sie. »Also reißt euch jetzt gefälligst mal zusammen.«

Einen Moment lang herrschte betretenes Schweigen, dann sagte Mum, »Ich hole meine Handtasche«, und Dad murmelte, »Ich hole die Autoschlüssel«, und kurz darauf stahlen sich beide nach draußen, hinter Twig her, der ein bisschen erschrocken wirkte. Twig spielt nämlich gar nicht so besonders gut Fußball und ich glaube, ihm wäre es lieber gewesen, wenn keiner der beiden mitgekommen wäre, aber Flora sagt, das spielt keine Rolle.

»Hier geht es ums Prinzip«, sagt sie.

Abends sind Jas, Flora und ich dann zum Konzert gegangen. Ich, um zu filmen, Flora und Jas, um wie versprochen Zach zuzujubeln, und wir alle drei, weil wir es kaum erwarten konnten, Zachary Smith endlich mal leibhaftig zu sehen, auch wenn keine von uns das zugeben würde. Das Konzert fand in Alinas Altersheim in

Richmond statt, wo Zoran einmal in der Woche zum Klavierspielen hinfährt und wo er jetzt auch eine Menge Schüler hat. Wir drängten uns alle in den Gemeinschaftsraum und ich schaltete die Kamera ein.

Die Filmtagebücher der Bluebell Gadsby

2. Szene (Transkript)
Das Konzert

INNEN. NACHMITTAG.

Der Gemeinschaftsraum im Richmond-Hill-Seniorenheim. Die hier wohnenden Musikschüler (allesamt alt) sitzen in Sesseln, die halbkreisförmig hinter mehreren Stuhlreihen angeordnet worden sind, auf deren erster die hier nicht wohnenden Schüler (hauptsächlich Kinder) nervös herumrutschen, mit ihren Eltern hinter sich. JAS und FLORA sitzen an der Rückwand, neben dem KAMERAMANN (Blue), der steht. ZORAN hat sich vorne, etwas seitlich, aufgebaut und kündigt immer den Musiker an, der als Nächstes dran ist. *ANMERKUNG: Um die Handlung voranzutreiben und zum wirklich interessanten Teil des Nachmittags zu kommen, überspringt diese Transkription die meisten Darbietungen, darunter auch Interpretationen von ›Summertime‹ und ›Frère Jacques‹, einige Chopin-Nocturnes, verschiedene Prüfungsstücke des Musikausschusses für die Stufen eins bis fünf sowie mehrere bekannte Rocksongs. Und dann, ganz am Schluss ...*

ZORAN

Zachary Smith spielt Gitarre und singt ›Kleiner Vogel‹, ein Stück, das er selbst geschrieben hat.

ZACHARY SMITH steht auf. Flora, Jas und auch der Kameramann recken die Hälse. Er ist ganz anders, als sie ihn sich vorgestellt haben: mittelgroß, schmal und blass, dunkle Augen und dunkles Haar, das ihm ins Gesicht fällt. Er trägt eine schwarze Jeans, schwarze halbhohe Turnschuhe, ein schwarz-grün kariertes Hemd offen über einem alten Rockband-T-Shirt und hat die Handgelenke voller Armbänder. Er nimmt vorne Platz und lässt den Blick über das Publikum schweifen, findet aber offensichtlich nicht, wonach er sucht. Seine Miene verdüstert sich, er beugt sich über seine Gitarre und fängt an, sie zu stimmen. Seine Hände zittern. Der Moment scheint kein Ende zu nehmen. Jemand aus dem Publikum kichert. Zoran spielt ein paar Töne auf dem Klavier und Zach fängt sich wieder. Er schlägt ein paar langsame Akkorde an und beginnt zu singen.

Kleiner Vogel in meiner hohlen Hand,
Du flatterst so wild, als wolltest du schrein,
Dich aus meinem schützenden Griff befrein,
Du willst fort, willst fliegen, doch wo ist dein Ziel?
Gib acht, sonst treibt der Wind mit dir sein Spiel.

Und die Wellen zeichnen Linien in den Sand, den Sand,
Die Wellen zeichnen Linien in den Sand,
Doch kaum sind sie dort, trägt die Flut sie wieder fort,
Ach, nähme sie auch mich mit an einen anderen Ort,
Ach, nähme sie auch mich mit an einen anderen Ort.

Kleiner Vogel, wenn du fliegst, schau nicht zurück,
Flieg zur Sonne, zum Licht, flieg mitten ins Glück,
Schau nicht in die Tiefe, sonst stürzt du ab,
Sonst wartet dort unten dein frühes Grab,
Denn der Wind trägt dich nicht für alle Zeit.

Und die Wellen zeichnen Linien in den Sand, den Sand ...

Der Text ist zwar (so die bescheidene Meinung des Kameramanns) ziemlich kitschig, aber die Melodie ist schön und ergreifend, und die Stimme - kehlig, heiser, bei den hohen Tönen aber irgendwie auch klar und rein - zieht das Publikum in ihren Bann. Zachary Smith hört auf zu singen. Einen Moment lang verharrt er reglos in der Stille am Ende des Stücks. Als er aufblickt, ist es so, als käme er von einer langen Reise zurück, und er wirkt ein bisschen verloren. Die Kamera wandert zu Großtante Alina und ihrem Ehemann Peter, die sich andächtig an den Händen halten. Einige der erwachsenen Zuschauer haben Tränen in den Augen. Vielen Kindern steht vor Staunen der Mund offen, als hätten sie es nie für möglich gehalten, dass einer der Ihren so singen kann. Zwei ältere

Jungs, deren Interpretation von ›Wonderwall‹ unfreiwillig komisch war, scheinen sich irgendwie zu ärgern. Schließlich schwenkt die Kamera zu Flora herum. Ihr Mund steht ebenfalls offen, aber sie wirkt weder verärgert noch erstaunt. Ihre Augen leuchten. Sie hat sich auf ihrem Stuhl nach vorn gelehnt und rührt sich nicht, auch als Zachary Smith zu singen aufhört, sondern starrt ihn nur unverwandt an, als könne sie nicht glauben, was sie sieht. Er wendet den Kopf in ihre Richtung. Er begegnet ihrem Blick. Auf einmal wirkt er gar nicht mehr verloren.

Er wirkt eher ... verblüfft.

Und plötzlich ist niemand mehr im Raum außer Flora und ihm.

Sonntag, 17. November (Fortsetzung)

Auf dem Rückweg in der U-Bahn wollte Jas, dass ich das ganze Konzert noch mal abspiele, wobei wir jedoch die meisten Auftritte übersprangen und nur das Kind anschauten, das ›Summertime‹ sang, und die alte Dame, die Jazzmelodien auf dem Klavier spielte, bis wir schließlich bei Zach ankamen, und diesen Teil musste ich dann wieder und wieder zurückspulen. Flora sagte kein Wort, sondern starrte nur aus dem Fenster. Draußen war es dunkel und es gab nichts zu sehen, aber ich glaube, es hätte auch eine Herde Elefanten vorbeitrampeln und ›Wonderwall‹ auf der Trompete spielen können, ohne dass sie es bemerkt hätte.

»Er ist ganz anders, als ich gedacht habe«, sagte Jas. Und dann, etwas später: »Ich bin froh, dass Zoran sich um ihn kümmert.«

Flora sagte immer noch nichts.

Flora, die sonst nicht mal für eine Sekunde den Mund halten kann. Vollkommen stumm.

Das war ziemlich beunruhigend.

Montag, 18. November

Heute Morgen hat Dad die Katzen entdeckt, oder vielmehr haben sie ihn entdeckt. Irgendwie müssen sie über Nacht aus dem Schuppen entwischt sein, und als Dad in die Küche kam, liefen sie vor der Gartentür auf und ab und miauten nach ihrem Frühstück.

»AHHHH!«, schrie Dad, als hätte er zwei ausgewachsene Tiger vor sich und keine sieben Wochen alten Katzen.

»MIIAAAUUUUU!«, maunzten die Katzen zurück.

»Ach Gott, sind die süß!«, rief Flora und schlug die Hände zusammen.

»Das sind meine«, verkündete Jas. »Ich habe sie halb verhungert auf dem Friedhof gefunden und jetzt bleiben sie für immer bei mir.«

»Wir haben uns nicht von den Ratten getrennt, um sie durch zwei bazillenverseuchte Streuner zu ersetzen«, erklärte Dad. »Die können nicht hierbleiben.«

»Wir haben uns nicht von den Ratten getrennt«, erinnerte ihn Flora.

»Ich könnte sie verkaufen«, schlug Twig vor.

»Könntest du nicht«, fauchte Jas.

»Das ist jetzt wirklich nicht der Zeitpunkt für neue Haustiere«, sagte Dad. »Eure Mutter ...«

»Was ist mit mir?« Mum kam in die Küche geschlendert, und ich muss sagen, dass ich ihr Verhalten im Moment fast genauso beunruhigend finde wie das von Dad. Sonst flitzt sie montags morgens immer hektisch durch die Gegend, schon im Kostüm für die Arbeit, und liegt uns in den Ohren, dass wir zu spät zur Schule kommen, aber heute lief sie um acht immer noch im Bademantel herum und aß Erdnussbutter direkt aus dem Glas, mit den Fingern.

Jas sagte, »Wenn die Katzen gehen, gehe ich auch«, und Dad erwiderte, es gäbe ohnehin schon zu viele Kinder im Haus, woraufhin Mum wieder rausmarschierte und die Tür hinter sich zuknallte.

»Das«, sagte Flora zu Dad, »war so ziemlich das Niederträchtigste, was du je zu einem von uns gesagt hast.«

»Ich hab's nicht so gemeint!«, schrie Dad. Sein Blick irrte zwischen Jas und der Tür hin und her, durch die Mum eben verschwunden war, als wüsste er nicht, was er zuerst tun sollte. Wir hörten, wie oben eine weitere Tür zugeschlagen wurde. Dad brüllte, »Sieh zu, dass du sie loswirst!«, dann preschte er Mum hinterher.

»Aber *ich* habe es so gemeint!«, schrie Jas ihm nach. »Ich laufe weg, und diesmal komme ich nicht zurück!«

»Nein«, sagte Zoran, als Jas und ich heute Nachmittag mit den Katzen bei ihm angetrottet kamen.

»Nur so lange, bis Dad sich beruhigt hat«, flehte Jas.

»Sie haben auf mein Federbett gepinkelt!«, rief Zoran.

»Wenn du sie nicht nimmst«, sagte Jas, »sterben sie wahrscheinlich.«

»Wann mailst du mir endlich mal den Film?«, fragte mich Zoran. »Die Leute fragen schon alle danach.«

Jas scharrte mit der Fußspitze auf dem Teppich herum.

»Würde ich ja gern«, sagte ich, »aber ich kann die Kamera nicht finden.«

Zoran sagte, »Was soll das heißen, du kannst die Kamera nicht finden?«, und ich sagte, »Ich weiß auch nicht, ich habe schon überall gesucht, es ist wirklich zum Verrücktwerden«, und dann brach Jas in Tränen aus und schluchzte, »Wen interessiert schon deine blöde Kamera, was ist denn jetzt mit den Katzen?« Zoran nahm sie in den Arm, blieb aber eisern und sagte nur, er würde mit Mum darüber reden. Er ist zum Telefonieren ins Schlafzimmer gegangen, aber wir haben an der Tür gelauscht. Man konnte nicht alles verstehen, aber im Wesentlichen hat er gesagt, dass es Jas sicher guttun würde, sich um zwei hilflose kleine Wesen zu kümmern, erst recht angesichts der doch etwas traumatischen Situation.

»Was bedeutet traumatisch?«, flüsterte Jas.

»Ich glaube, er meint, dass du wegen der Ratten noch ein bisschen durcheinander bist«, flüsterte ich zurück.

Jetzt ist Dad beleidigt, aber Jas dafür überglücklich, weil Mum nach dem Telefonat mit Zoran gesagt hat, natürlich würden wir die beiden Kätzchen behalten. Ich glaube fast, sie hat das nur gesagt, um Dad zu ärgern, aber für Jas macht das keinen Unterschied.

Und ich habe endlich meine Kamera gefunden. Sie lag bei Flora unterm Kopfkissen.

Dienstag, 19. November

»Meine Schwester ist wieder verliebt«, habe ich Jake heute Abend geschrieben. »Sie hat mir meine Kamera geklaut, mit der ich so einen Jungen beim Konzert gefilmt habe, und sie hat die Aufnahme so oft angeguckt, bis die Batterie leer war. Die Kamera hatte sie unter ihrem Kopfkissen versteckt. Und als Mum beim Abendessen nach dem Konzert gefragt hat, ist sie knallrot angelaufen. Den Filmausschnitt schicke ich Dir als Anhang mit, aber zeig ihn bitte nicht Deinen Verwandten.«

Beim Hochladen kamen mir dann allerdings Bedenken und ich schrieb: »Sei mir nicht böse, aber wenn ich's mir recht überlege, schicke ich diese Mail lieber doch nicht ab, ich hoffe, Du verstehst das«, und dann habe ich nicht auf ›Senden‹, sondern auf ›Löschen‹ geklickt, was diesen Tag zu dem ersten macht, an dem ich Jake nicht gemailt habe. Manchmal habe ich mir richtig das Gehirn zermartert, weil mir nichts einfiel, was ich schreiben konnte, und manchmal habe ich viel zu viel erzählt, aber der Punkt ist doch, dass ich ihm wirklich jeden Tag geschrieben habe, wie er mich gebeten hat, während er nur ganz selten zurückschreibt, und wenn, dann immer nur dasselbe, wie super der Strand ist und wie lustig ich bin und wie erstaunlich er es findet, dass in Australien Sommer ist und hier bei uns Winter. Heute habe ich Dodi in der Pause davon erzählt und sie meinte, ich solle ihm zurückschreiben, das wäre überhaupt nicht erstaunlich, sondern läge einfach nur daran, dass Australien sich auf der südlichen Erdhalbkugel befindet und England auf der nördlichen. Eigentlich war es Dodi, die gesagt hat, ich solle ihm nicht mehr schreiben. Sie sagt, wenn ich ihm schreibe, obwohl Jakes Antworten so lahm sind, dann sieht das aus, als würde ich mir alles gefallen lassen. »Als könne er ruhig unverschämt sein, und du sagst bloß, ach, nicht so schlimm«, waren ihre genauen Worte. So habe ich das noch gar nicht gesehen, weil ich sowieso nicht damit gerechnet hatte, dass Jake viel schreiben würde, aber heute kam mir dann doch der Gedanke, sie könnte vielleicht ein bisschen Recht haben.

Die Filmtagebücher der Bluebell Gadsby

3. Szene (Transkript)
Der Nachteil an Katzen

AUSSEN. MORGENS.

Auf der Rasenfläche im Garten der Gadsbys macht sich TWIG, in kompletter Fußballmontur, soeben bereit, seine Balljonglier-Künste vorzuführen.

DODI
(im Schlafanzug, weil sie bei mir übernachtet hat)
Erklärt mir noch mal kurz, warum ihr das hier macht.

KAMERAMANN (Blue)
Weil ich noch nie ein Sportvideo gedreht habe.

TWIG
Und zum Beweis, dass ich
besser bin als Justin Murphy.

DODI
Wer ist Justin Murphy?

JAS

(ebenfalls im Schlafanzug, auf einem Liegestuhl zusammengerollt, die Katzen um den Hals gelegt)

Einer aus Twigs Klasse, der den Balljonglier-Rekord hält und auch in Maisie Carter verknallt ist.

DODI

Twig ist in Maisie Carter verknallt?

JAS

Er hat sogar schon Kekse für sie gebacken, aber wie's aussieht, ist sie allergisch gegen Nüsse.

TWIG

(wirft Jas einen bösen Blick zu)

Können wir jetzt anfangen?

JAS

(mit honigsüßem Lächeln)

Aber gern. Ich bin ja nur hier, um mitzuzählen und aufzupassen, dass du nicht schummelst.

Twig legt sich den Ball vor die Füße und kickt ihn dann hoch auf sein Knie. Lässt ihn vom rechten Knie abspringen, dann vom linken. Er hat offensichtlich geübt. Viel geübt. Rechts, links, rechts, links. Rechter Knöchel. Linkes Knie. Brust. Kopf. Linkes Knie. Rechtes Knie. Jas zählt jede Ballberührung. Dodi gähnt, lautstark. Jas kichert und kündigt an, sie hätte sich verzählt und Twig müsste noch mal von vorn anfangen. Twig erklärt ihr, dass das Ganze sowieso gefilmt wird und sie keiner braucht. Jas entgegnet, dass er diese Worte eines Tages noch bereuen wird. Twig verliert fast den Ball, rettet ihn aber gekonnt mit einem seitlichen Kick aus dem linken Fußgelenk. Er grinst triumphierend, verliert den Ball dann aber doch, als aus dem geöffneten Badezimmerfenster zwei Etagen höher plötzlich ein Schrei zu hören ist: AAAAAAAAAAAAHHHHHHHHHHHHHHHHHHHHHHHHHH!

VATER
(dessen körperlose Stimme aus dem Fenster dringt)
Jas! JAS! Wo ist dieses Gör?

Jas springt wie der Blitz aus dem Liegestuhl und versteckt sich hinter der Lehne, mit Katzen und allem.

TWIG
Hier draußen!

DODI
Du bist eine ganz miese Ratte,
Twig Gadsby, weißt du das?

KAMERAMANN
In dieser Familie sollte man
Ratten lieber nicht erwähnen.

Auf der Treppe wird das Geräusch von Schritten laut und gipfelt darin, dass Vater in den Garten stürmt, nur mit einem winzigen, um die Hüfte geschlungenen Handtuch bekleidet, das er mit einer Hand festhält. Die andere hat er vor sich ausgestreckt, wobei er seltsamerweise Daumen und Zeigefinger zusammenpresst, und geht damit direkt zu Jas. Als er vor ihr steht, löst er die Finger voneinander.

VATER
Und?

JAS
(die ihn verständlicherweise anschaut, als wäre er gestört)
Ein schwarzer Punkt. Oh! Ein schwarzer Punkt, der sich bewegt!

VATER
Das ist ein Floh! Ein Floh!!
Deine Katzen haben Flöhe eingeschleppt!

Dodi schnappt entsetzt nach Luft und fängt gleich darauf an, sich am Kopf zu kratzen. Vater brüllt, »Siehst du? Wir haben alle welche!« Er schlägt nach etwas auf seinem Arm und lässt dabei aus Versehen das Handtuch los. Dodi schnappt wieder nach Luft.

VATER

MACH DIE ******* KAMERA AUS, BLUE!!

Kameramann will schon gehorchen, als ein anderes Geräusch von oben zu hören ist. Das Bild schwenkt hinauf zum Badezimmerfenster, wo MUTTER und FLORA stehen und sich aneinander festhalten, während ihnen beim Anblick von Vaters nacktem Hintern vor Lachen die Tränen übers Gesicht laufen.

Samstag, 23. November

Nach der Entdeckung der Flöhe wollte Dad uns alle zum Hausputz verdonnern, aber ich wurde verschont, als ich ihm erzählte, ich sei mit Zoran verabredet, um mit ihm den Schnitt meines Films zu besprechen (was stimmte). Dodi kam mit. Angeblich hatte sie nichts Besseres vor, aber ich weiß, dass sie, seit sie Zach auf dem Video gesehen hat, darauf brennt, ihn kennenzulernen.

»Samstags muss er immer arbeiten«, erklärte ich ihr. »Er hat einen Job in dem Plattenladen an der Einkaufsstraße.«

Aber Dodi, die unverbesserliche Optimistin, wollte trotzdem mitkommen.

Zoran hat gesagt, mein Film würde ihm gut gefallen und ob ich einfach nur die Teile zwischen den einzelnen Auftritten rausschneiden könnte, um ihn ein bisschen zu kürzen – den Applaus, das Stimmen der Instrumente und so weiter.

»Ach, und diese Szene mit Flora und Zach muss auch noch raus«, fügte er hinzu. »Der Teil, wo die beiden sich anstarren, ist viel zu lang.«

Dodi wandte ein, das sei doch das Beste von allem, aber Zoran meinte, das hätte da nichts zu suchen.

»Die Szene darfst du auf keinen Fall rausschneiden«, sagte Dodi, als wir wieder die Treppe runterrannten. »Das wäre ein Verbrechen. Und Verschwendung. Eine verbrecherische Verschwendung.«

Und dann verstummten wir beide, denn in diesem Moment kam er uns auf der Treppe entgegen.

Zachary Smith.

In den Flora verliebt ist.

Er blieb vor uns stehen. »Oh«, sagte er. Und dann, »Du bist die mit der Kamera.«

»Ganz genau«, säuselte Dodi, als mir keine Antwort einfiel.

»Die mit den Katzenbabys«, sagte Zach.

»Nein, die gehören meiner kleinen Schwester.«

»Cool«, stieß er hervor. Und dann machte er ein verlegenes Gesicht, murmelte so was wie, er hätte was vergessen und käme zu spät zur Arbeit, und rannte weiter die Treppe hinauf.

»Ziemlich seltsam«, kommentierte Dodi.

»Höchst sonderbar«, bestätigte ich.

»Meinst du, er wollte dich vielleicht beeindrucken? In der Hoffnung, dass du Flora erzählst, was für ein anregender Gesprächspartner er ist?«

Wir kicherten beide. Das war nicht nett, ich weiß.

Dodi war von dem echten Zach enttäuscht. Wenn er nicht gerade sang oder Flora feurige Blicke zuwarf, hätte er ein bisschen was von einem Loser, meinte sie. Ich sagte, mich würde er an John Keats erinnern, den Dichter, den wir vor den Brontës in Englisch durchgenommen hatten und der *tragicherweise* schon in jungen Jahren an Tuberkulose starb. Dodi, die niemals zulässt, dass irgendetwas von dem, was sie in der Schule lernt, ihr ins richtige Leben folgt, sagte, darauf wäre sie nie gekommen, aber er würde sie an alle möglichen gescheiterten Rockstars erinnern und das wäre es vielleicht auch, was Flora an ihm fand.

Dad hat den ganzen Tag mit Putzen verbracht. Überall, vom Keller bis zum Dachboden, ist Bettwäsche zum Trocknen aufgehängt und ich habe das Haus noch nie so blitzeblank gesehen. Beim Abendessen erklärte er wieder, die Katzen müssten weg, aber Mum sagte Nein.

Dad sagte, die Katzen würden ihn bei der Arbeit stören.

»In dieser Familie«, sagte Mum, »kümmert man sich um die Schwachen und Wehrlosen. Oder vielmehr«, fügte sie hinzu, »man kümmert sich nicht nur um sie, man heißt sie sogar willkommen.« Sie klang richtig wütend, und irgendwie auch so, als würde sie eigentlich gar nicht über die Katzen reden. Dad hat das wohl auch gemerkt, denn er gab keine Antwort, sondern senkte nur den Blick, als sie ihn wütend anfunkelte.

Die Katzenbabys wurden in Flohpulver gewälzt wie zwei kleine Donuts in Puderzucker und müssen erst mal in der Küche bleiben.

Die *stark bearbeiteten* Filmtagebücher der Bluebell Gadsby

4. Szene (Transkript)
Liebe auf den ersten Blick

INNEN. NACHMITTAG.

ZACHARY SMITH sitzt auf einem Stuhl und spielt Gitarre. Seine Umgebung (das Richmond-Hill-Seniorenheim) ist hinter einem Nebelschleier verschwunden. Alle Hintergrundgeräusche wurden ausgeblendet, man hört nur noch seinen Gesang und die Gitarre. Schnitt zu FLORA, die ihn bewundernd anstarrt. Eine Reihe pinkfarbener Herzchen schwebt aus ihrem Mund nach oben und formt eine Sprechblase über ihrem Kopf, in der, in gelber Schrift, nur ein einziges Wort steht: SEUFZ. Zach in seinem Nebelschleier ist von einer Wolke hellblauer Vögelchen umgeben, so wie die in *Cinderella* von Walt Disney. In seiner Sprechblase steht: DU BIST WUNDERSCHÖN. Als er beim Refrain ankommt – »Und die Wellen zeichnen Linien in den Sand, den Sand ...« –, wechselt das Bild zu einem tropischen Sonnenuntergang, vor dem ein Liebespaar gemeinsam durchs Wasser läuft, und kehrt dann zu einem zweigeteilten Bildschirm zurück: auf der einen Seite Zach, der wie ein tragischer Dichter aussieht, auf der anderen Flora, die mit geschlossenen Augen lächelt, offensichtlich in Ekstase. Dann verschwimmt das Bild, die Musik wird langsam ausgeblendet und folgende Worte erscheinen auf dem Bildschirm:

ZACH UND FLORA
LIEBE
AUF DEN
ERSTEN BLICK

Sonntag, 24. November

Das Ganze war allein Dodis Idee. Was nicht heißen soll, dass ich nicht mitgemacht hätte oder es jetzt bereuen würde. Wir haben den ganzen Tag damit verbracht, die Szene, wie Zach und Flora sich beim Konzert anstarren, in ein mehrere Minuten langes Musikvideo zu verwandeln. Ich habe jede Menge dabei gelernt und das Ergebnis ist fantastisch geworden.

Aber die Idee, das Ganze dann auch noch auf YouTube einzustellen, die war wirklich nicht von mir.

Flora hat schon mal schlechte Erfahrungen mit YouTube gemacht. Letztes Jahr haben die miesen Freunde ihres fast ebenso miesen damaligen Freundes einen Film hochgeladen, in dem Flora bei einer Weihnachtsaufführung einen von Schneewittchens sieben Zwergen spielt und wo zu sehen ist, wie ihr bei einer tiefen Verbeugung die Lederhose platzt. Das Video war ziemlich unscharf, aber Flora ist eindeutig zu erkennen, und noch eindeutiger erkennt man, dass sie unter ihrer Lederhose überhaupt nichts anhat.

»Aber unser Film ist doch überhaupt nicht peinlich«, wandte Dodi ein. »Er ist geschmackvoll und romantisch.« Und dann sagte sie noch, dass sich vielleicht Millionen von Menschen unseren Clip ansehen würden und das der Beginn meiner Karriere als Regisseurin von Pop-Videos sein könnte.

»Ich weiß aber gar nicht, ob ich Regisseurin von Pop-Videos werden will«, sagte ich. »Eigentlich möchte ich lieber was Sinnvolles machen, so was wie Enthüllungsdokus, in denen ich Verbrechen und Korruption aufdecke. Oder preisgekrönte Naturfilme. Und irgendwann auch Spielfilme. Ich glaube nicht, dass Pop-Videos so richtig mein Fall sind. Außerdem kann man ein Video, in dem ein Typ auf einem Stuhl sitzt und Gitarre spielt, wohl kaum als Pop-Video bezeichnen, selbst mit all den Vögelchen und Herzchen und Schmetterlingen und so …«

»Mann, jetzt sei doch nicht so langweilig.« Während ich redete, klickte Dodi die ganze Zeit am Computer herum. »Schon passiert«, sagte sie, als ich mit meinen Erklärungen fertig war. »Und wenn es nur dazu dient, dass Zach und Flora merken, dass sie aufeinander stehen.«

»Flora wird mich umbringen«, sagte ich. »Und Zach auch. Und Zoran erst.«

»Aber nicht, wenn Zach sich ihr zu Füßen wirft und ihr seine unsterbliche Liebe gesteht. Flora und Zach werden dir ewig dankbar sein, und Zoran auch, weil Zach dann nicht mehr so tragisch ist.«

Das ist jedenfalls Dodis Standpunkt.

Ich hingegen kann nur hoffen, dass Flora das Video niemals zu sehen bekommt.

Dienstag, 26. November

Mum und Dad sind heute Morgen ganz früh zusammen aus dem Haus gegangen. Ich stand gerade am Badezimmerfenster, um mir die Zähne zu putzen, und habe beobachtet, wie sie ins Auto gestiegen sind und dann einfach nur dasaßen, nebeneinander auf den Vordersitzen, und ewig lange geredet haben, aber ohne sich dabei anzusehen. Irgendwann hat Dad sich sogar zu Mum hinübergebeugt und sie auf die Wange geküsst, aber sie hat trotzdem nur starr aus dem Fenster geguckt, und ich bin ziemlich sicher, dass sie geweint hat.

»Sie sind zum Arzt gefahren«, sagte Jas auf dem Weg zur Schule. »Ich habe in Mums Kalender nachgesehen.«

»Und warum ist Dad dann mitgefahren?«, fragte ich. Jas zuckte die Achseln und sagte, das stünde nicht im Kalender.

»Was Ernstes kann es nicht sein«, sagte Flora. »Sonst wäre Dad viel netter zu ihr.«

»Ich habe gesehen, wie er sie geküsst hat«, erinnerte ich sie.

»Na, ist doch mal eine schöne Abwechslung.« Flora macht sich nie über irgendwas Sorgen, wenn sie nicht unbedingt muss.

Heute ist die Film-AG nach der Schule ausgefallen, so dass ich früher zu Hause war. Beim Reinkommen war alles dunkel, deshalb dachte ich erst, es wäre keiner da, aber als ich mir in der Küche einen Tee machen wollte, sah ich, dass die Gartentür offen stand, und Mum saß auf der Veranda, in eine Decke gewickelt, und schaute in den Garten hinaus. Ich rief nach ihr und sie zuckte zusammen. Als sie sich umdrehte, sah ich, dass sie ein Foto in der Hand hielt.

»Was machst du da draußen?«, fragte ich sie, und sie sagte, »Nichts!«, mit diesem Lächeln, das wir alle hassen, weil es so künstlich ist. Sie rückte ein Stückchen auf der Liege beiseite, um mir Platz zu machen, und das Foto fiel ihr vom Schoß. Es war ein Bild von Iris.

»Oh«, sagte ich, und danach blieben wir ganz still und stumm nebeneinander sitzen. Das Wasser fing an zu kochen und ich stand auf, um uns einen Tee zu machen. Als ich zurückkam, war das Foto weg und Mum sah aus wie jemand, der fast geweint hätte, es aber gerade noch so unterdrücken konnte. Sie nahm die Tasse, die ich ihr reichte. Ich setzte mich auf den Boden, den Rücken an ihre Liege gelehnt, und wir starrten beide in den Garten hinaus, der um diese Jahreszeit in erster Linie braun und schlammig aussieht, bis auf ein paar Rosen, die sich hartnäckig halten, als hätte ihnen noch niemand gesagt, dass es fast schon Winter ist.

»Für uns wird sich bald vieles ändern«, sagte Mum.

Ich dachte an das Foto und an Iris und an den heimlichen Arztbesuch heute Morgen.

»Musst du sterben?« Ich versuchte, das Zittern in meiner Stimme zu unterdrücken. Mum lächelte und küsste mich.

»Das habe ich jedenfalls nicht vor«, sagte sie.

»Sie hat es nicht vor?«, rief Jas heute Abend, als ich ihr davon erzählte. »Was soll das nun wieder heißen?«

Ich sagte, ich hätte keinen blassen Schimmer.

»Was, wenn Flora sich irrt?«, fragte Jas. »Was, wenn es doch was Ernstes ist?«

»Das glaube ich nicht«, sagte ich, aber ich bin nicht wie Flora, und Jas auch nicht. Wir wissen lieber, woran wir sind, auch wenn es was Schlimmes ist.

Mittwoch, 27. November

Mein Video ist schon Tausende von Malen angeklickt worden! Eine genaue Zahl kann ich nicht nennen, weil ständig neue Leute hinzukommen, aber Dodi ist völlig aus dem Häuschen, und das wäre ich sicher auch, wenn nicht so viele Leute sauer auf mich wären.

Und das kam so: Am Montagabend hat ein Mädchen aus Tennessee, das ungefähr eine Million Follower auf Twitter hat, über unser Video getwittert und den Link eingestellt.

Den dann ein Großteil ihrer Follower wieder weitergetwittert hat.

Ein Mädchen, das Flora von früher kennt und das mit Zach auf eine Schule geht, hat den Tweet gelesen, sich das Video angesehen, es weitergetwittert, auf Facebook und Instagram gepostet und den Link dann auch noch per Mail und SMS an alle Leute in ihrem Adressbuch geschickt, einschließlich Floras bester Freundin Tamsin. In der ersten großen Pause gab es auf beiden Schulen kaum noch jemanden, der es nicht gesehen hatte.

Flora hat ihren weltweiten Ruhm allerdings nicht so gut aufgenommen.

Du Hast Mein Leben Ruiniert.

Das war ihre spontane Reaktion auf die Entdeckung, dass sie jetzt ein Star ist – eine SMS, die knapp zehn Minuten nach Beginn der zweiten Stunde auf meinem Handy einging, gleich nachdem Tamsin ihr das Video auf ihrem iPhone gezeigt hatte.

I brng dch um. Flora ist die schnellste SMS-Schreiberin der Welt. *Das vrzeih i dr nie.*

»Geh gar nicht darauf ein«, flüsterte Dodi, als ich ihr unterm Pult mein Handy zeigte.

Alle lchn übr mch. Graham singt die gnze zeit. I rß dch in stücke.

»Kann ich vielleicht eine Weile bei dir wohnen?«, fragte ich Dodi flüsternd.

D bst ncht mehr meine schwester! I brng dch um u rd nie widr ein wort mt dr! Mach dch auf jahre ds elends gefasst.

An diesem Punkt hat dann Madame Gilbert mein Handy konfisziert. Was, ehrlich gesagt, eine Erleichterung war.

Zach hingegen hat anlässlich seiner neu gewonnenen Berühmtheit erst mal eine Prügelei angefangen. Ein paar aus seiner Klasse haben ihn mit dem Video aufgezogen, und als sie nicht aufhören wollten, hat er einem von ihnen einen Hieb verpasst, und dann gab es eine Massenschlägerei, bis der Lehrer reinkam. Irgendeiner aus der Klasse hat das Ganze gefilmt und auf Facebook eingestellt. Später wurde es wieder rausgenommen, aber erst, als alle schon davon redeten. Zach wurde nach Hause geschickt und für den Rest der Woche vom Schulbesuch suspendiert, und Zoran ist sogar noch wütender auf mich als Flora. So wütend, dass er heute Nachmittag extra bei uns vorbeigekommen ist, nur um mich anzuschreien.

»Ich habe gesagt, du sollst die Szene löschen«, brüllte er. »Stattdessen verbreitest du sie auch noch im Internet, wie so ein Werbefilmchen für eine Partnervermittlung!«

Ich sagte, es täte mir wirklich sehr leid.

»Du weißt ganz genau, wie wichtig dieses Konzert für ihn war, Blue. Er hat seine ganze Seele in dieses Lied gelegt, und dann kommst du …«

»Es tut mir leid«, wiederholte ich.

»Und jetzt hat er auch noch Ärger mit der Schule. Heute Nachmittag musste ich hingehen und alle möglichen mildernden Umstände für ihn ins Feld führen. Der Großvater im Krankenhaus. Die Mutter im Ausland. Und du machst dich auch noch über ihn lustig!«

Ich fing an zu weinen. Zoran seufzte und setzte sich neben mich aufs Bett.

»Du hast so viel Talent«, sagte er leise. »Und es macht mich wütend, wenn ich sehe, wie du es verschwendest.«

»Das war alles Dodis Idee«, schniefte ich.

»Du hast einen ganz eigenen Blick auf die Welt, Blue. Du siehst Dinge, die andere nicht sehen. Deshalb drehst du so gern diese Filme und schreibst Tagebuch. Weil du vieles wahrnimmst, was andere gar nicht sehen. Du musst dich nicht hinter Leuten wie Dodi verstecken.«

»Dodi ist lustig«, sagte ich.

»Und du bist ein ernster Mensch.«

»Ich will aber nicht ernst sein.«

»Ernste Menschen können große Dinge vollbringen.« Er knuffte mich in die Seite und machte ein trauriges, ernstes Gesicht. »Wenn du so was noch mal vorhast, denk lieber zweimal drüber nach, okay?«

Als er weg war, habe ich mir noch mal meine letzten Filme angeguckt. Mum und Flora, wie sie am Badezimmerfenster stehen und lachen, Alina und Peter, Händchen haltend beim Konzert, Jas im Garten, mit den Katzen um den Hals – war es das, was Zoran mit *vieles wahrnehmen* meinte? Wenn ich diese Filme auf YouTube posten würde, würden sie bestimmt nicht von Tausenden von Leuten angeklickt. Einen Moment lang war ich sauer auf Zoran, denn es ist schon ein tolles Gefühl, wenn so viele Leute sich etwas ansehen, das ich gemacht habe. Dann kam eine Nachricht von Jake auf Facebook, in der er schrieb, Tom hätte ihm den Link zu meinem Video geschickt und seine ganze Familie in Australien würde sich schlapplachen, und da hatte ich gleich wieder ein schlechtes Gewissen.

»Das ist gar nicht lustig«, schrieb ich zurück.

Jake schrieb, »lol«.

Ich schrieb, offenbar würde er den Ernst der Lage nicht erkennen, und wann er eigentlich nach Hause käme.

Jake schrieb, »Am Sonntag«, aber Alter, am liebsten würde er noch bleiben, Australien sei echt der Hammer.

Darauf antwortete ich nicht.

Die Stimmung hier zu Hause ist furchtbar, und diesmal bin ich ganz allein daran schuld.

Freitag, 29. November

»Das einzig Logische ist jetzt«, sagte Dodi heute, »Zach und Flora zusammenzubringen.«

»Was ist daran auch nur ansatzweise logisch?«, fragte ich.

Wir saßen bei uns in der Küche, nach der Schule, und aßen die Schoko-Bananen-Plätzchen, die Twig vor kurzem gebacken hat.

»Na, das war doch die ganze Zeit unser Plan«, sagte Dodi. »Dann ist Zach glücklich und Flora ist glücklich und Zoran ist glücklich und du bist aus dem Schneider. Die perfekte Lösung.«

»Aber wie?«

»Wir machen keine halben Sachen!«, rief Dodi.

»Aber wie?«, wiederholte ich, und Dodi räumte ein, das wüsste sie auch nicht.

»Denk nach!«, befahl sie mir. Und dann saßen wir ewig lange herum, mampften vor uns hin und dachten nach. Als die Schoko-Bananen-Plätzchen alle waren, stiegen wir auf Kokos-Marmelade um, und am Ende kam Folgendes dabei heraus:

1. Zach beobachten
2. Seine Gewohnheiten herausfinden
3. Flora irgendwo hinlocken, wo sich ihre Wege kreuzen
4. Schnell weglaufen

Das war natürlich völliger Quatsch, worauf ich Dodi auch hinwies, und zwar vor allem deshalb, weil die Wahrscheinlichkeit, dass Flora sich von uns irgendwo hinlocken ließ – falls wir überhaupt herausbekamen, wo Zach sich gerade aufhielt –, ungefähr so hoch war wie die, dass sie mit bloßen Händen ein Kätzchen erwürgt.

»Dann muss uns jemand helfen«, folgerte Dodi. »Aber wer?«

Wir sahen in den Garten hinaus. Twig hatte Dad vor einiger Zeit dazu überredet, mit ihm ein Baumhaus zu bauen, aber inzwischen hatte Dad schon wieder aufgegeben, und so turnten jetzt Twig und Jas da draußen herum und versuchten, es allein fertig zu bauen, wobei sie sich die ganze Zeit anbrüllten.

»Da haben wir doch die Antwort«, sagte Dodi.

»Ihr redet immer nur mit uns, wenn ihr was haben wollt«, sagte Jas, nachdem wir ihnen erklärt hatten, was sie für uns tun sollten. »Das ist nicht gerade nett.«

»Was zahlt ihr denn dafür?«, fragte Twig.

»Du denkst wohl nur noch ans Geld«, sagte ich. Twig zuckte die Achseln und meinte, daran wären bloß unsere Eltern und ihre unmittelbar bevorstehende Trennung schuld. Schließlich sei allgemein bekannt, dass Familien nach einer Scheidung ärmer sind als vorher.

»Wollt ihr denn nicht, dass Flora glücklich wird?«, fragte Dodi.

»Nicht unbedingt«, sagte Jas, aber am Ende tat das Geld seine Wirkung.

Unser Plan ist folgender: Jas und Twig fragen Flora, ob sie mit ihnen einkaufen geht. Dann gehen sie mit ihr in den Buchladen, der sich direkt neben dem Plattenladen befindet, wo Zach am Samstag immer arbeitet (ich glaube nicht, dass Flora davon weiß), und da soll Twig dann rumjammern, dass er sich langweilt und ob sie nicht nach nebenan gehen können, um sich Schallplatten anzugucken. Wenn Flora Nein sagt, soll Jas in Tränen ausbrechen. Sie sollen es so einrichten, dass sie erst kurz vor Geschäftsschluss hingehen und ein Gespräch mit Zach anfangen, woraufhin dieser, in Liebe entbrannt, wiederum ein Gespräch mit Flora anfängt und sie hoffentlich zu einem Kaffee einlädt. Um sicherzugehen, dass sie nicht aus lauter Pflichtgefühl gegenüber Twig und Jas ablehnt, werden Dodi und ich (von Twig mit einer SMS auf Dodis Handy alarmiert) zufällig vorbeikommen und die beiden rasch mitnehmen.

»Und wenn es ihm peinlich ist, sie anzusprechen?«, fragte Jas.

»Wär's mir auch, nach diesem Video«, kicherte Twig.

»Das wird schon alles klappen«, sagte ich mit Nachdruck.

Twig sagt, er habe noch nie einen Plan gesehen, bei dem so viel schiefgehen könne, aber mein Geld hat er natürlich trotzdem genommen. Die Operation Flora kostet mich nämlich fünf Pfund pro Nase, für ihn und Jas, plus Spesen, »falls wir unterwegs irgendwas kaufen müssen«.

Samstag, 30. November

Es ging dann auch wirklich alles schief, angefangen damit, dass Flora sich weigerte, mit ›den Kleinen‹ einkaufen zu gehen, angeblich wegen ihrer allzu großen Berühmtheit.

»Ich kann mich nie wieder in der Öffentlichkeit zeigen«, sagte Flora. »Und das alles nur wegen Blue. Soll die doch mit euch gehen.«

»Ich muss noch Hausaufgaben machen«, sagte ich.

»Außerdem«, fuhr Flora fort, »sind die zwei doch wohl alt genug, um allein zu gehen.«

»Ich bin noch sehr, sehr jung«, sagte Jas. »Und Twig ist extrem verantwortungslos.«

»Ich kann doch mit ihnen gehen«, sagte Mum, die auf dem Sofa lag, und wir zuckten alle zusammen, weil wir gedacht hatten, sie schliefe.

»Auf keinen Fall!«, rief ich. Mum sah mich erschrocken an. »Du bist doch so müde«, fügte ich rasch hinzu. »Und du siehst auch gar nicht gut aus.«

»Mir ist tatsächlich ein bisschen schlecht«, gab sie zu.

Mir sank das Herz. Jas und ich wechselten einen Blick. Mum hat uns immer noch nicht erzählt, warum sie beim Arzt war, und keiner von uns hat bisher den Mut aufgebracht, sie zu fragen.

»Jaja, schon gut«, seufzte Flora. »Ich such nur schnell meinen größten Hut und die Sonnenbrille raus.«

Dodi und ich folgten ihnen in diskretem Abstand. Gleich hinter dem Parkeingang blieben wir stehen, außer Sichtweite, aber nah genug an den Geschäften, um in wenigen Minuten dort zu sein, wenn Twigs SMS kam.

Später hat Twig mir dann alles ganz genau erzählt. Unser Plan ging immer weiter schief, denn statt direkt in die Buchhandlung zu gehen, verschwand Flora erst mal in einem Klamottenladen und lief dann auch noch Tamsin in die Arme, die vorschlug, einen Kaffee trinken zu gehen. Jas konnte Flora schließlich wegzerren, aber als sie endlich das Plattengeschäft betraten, war Zach nicht mehr da.

»Er ist früher gegangen«, schrieb Twig per SMS.

»Wo zum Teufel kann er denn bloß sein?«, sagte ich zu Dodi.

»Da vorne«, erwiderte sie.

Und da war er, direkt vor uns, auf dem Basketballplatz am anderen Ende der Wiese. Er übte Korbleger, mit düsterer Miene und ganz allein.

Danach ging dann alles sehr schnell.

Wir schickten Twig eine SMS, um ihm zu sagen, wo wir waren.

Daraufhin verkündete Jas, Schallplatten wären reine Zeitverschwendung, zumal wir doch noch nicht mal einen Plattenspieler hätten, und sie wollte jetzt in den Park.

Flora, die den Plattenladen gut fand, sagte, tja, Pech für dich.

Woraufhin Jas einfach wegrannte.

Woraufhin Flora ihr hinterherrannte.

Gefolgt von Twig, der uns vorher noch schnell eine SMS schickte.

»In ungefähr zwei Minuten sind sie hier«, teilte ich Dodi mit.

»Das ist zu spät!«, zischte sie. »Er will gerade gehen!«

Das stimmte. Zach hatte sich den Basketball unter den Arm geklemmt und ging wippend – im Ernst, er wippt immer so beim Gehen – über den Platz, von uns weg.

Dodi packte meine Hand.

»Komm schnell!«, rief sie, und wir rannten los.

Das war also die Situation: Flora, Jas und Twig rannten die Hauptstraße hinunter. Dodi und ich sprinteten Zach hinterher. Und Zach, von alldem nichts ahnend, wippte weiter.

»Wie sollen wir ihn denn bloß aufhalten?«, fragte ich japsend.

»Lass mich nur machen«, keuchte Dodi.

Wir zogen auf gleiche Höhe mit Zach, und Dodi warf sich ihm zu Füßen.

»Es tut mir so leid!«, rief sie. »Wir wollten uns nicht über dich lustig machen! Wir hätten nie gedacht, dass sich so viele Leute das Video ansehen!«

Zach starrte sie nur an.

»Verzeih uns!«, flehte Dodi.

»Dodi.« Ich nickte in Richtung Parkeingang. Jas und Twig flitzten über die Wiese auf uns zu, Flora ein Stück dahinter.

»Wir müssen jetzt gehen!«, rief Dodi. Und dann sind wir weggerannt, aber das ging nur mit zusammengekniffenen Oberschenkeln, weil wir uns vor Lachen fast in die Hose gemacht hätten.

Zach stand einfach nur da und glotzte. Er glotzte uns hinterher, während wir den Weg entlangliefen und uns dann seitlich in die Büsche schlugen, und dann glotzte er noch ein bisschen weiter, als Twig und Jas an ihm vorbeischossen und sich zu uns gesellten, und dann hörte er fast gar nicht mehr auf zu glotzen, weil Flora, knallrot und außer Atem und immer noch mit Hut und Sonnenbrille getarnt, auf den Platz stürmte, mit einer Vollbremsung vor ihm zum Stehen kam und zurückglotzte.

Wir anderen vier drängten uns hinter den Büschen zusammen und schauten zu.

»Dieser Plan war eine echte Katastrophe«, sagte ich.

»Ich habe euch ja gewarnt«, sagte Twig.

»Sie unterhalten sich!«, rief Jas.

Und tatsächlich. Wir waren zu weit weg, um zu verstehen, was sie sagten, aber es war eindeutig, dass sie miteinander redeten. Flora und Zach, Auge in Auge auf dem Basketballplatz. Er scharrte mit den Füßen und ließ den Ball von einer Hand in die andere federn. Sie fummelte an ihrem Ohrring. Er zeigte den Weg hinunter, dahin, wo wir uns versteckten. Flora wandte sich zum Gehen. Zach streckte die Hand aus, als würde er sie bitten zu bleiben. Und sie blieb.

»Bingo«, flüsterte Dodi.

»Zeit für uns, nach Hause zu gehen«, bestätigte ich.

Wir krochen hinter dem Gebüsch hervor und machten einen großen Umweg, um die beiden nicht zu stören. Es war schon fast dunkel, als Flora schließlich nach Hause kam. Sie verlor kein Wort darüber, dass Twig und Jas einfach weggelaufen waren, und niemand fragte sie, wo sie so lange gesteckt hatte. Aber heute Abend habe ich gehört, wie sie im Badezimmer Zachs Lied vor sich hin gesummt hat, und ich glaube, dass sie morgen vielleicht schon wieder mit mir spricht.

Sonntag, 1. Dezember (sehr früh am Morgen)

Morgen, oder vielmehr heute, hat fast schon angefangen, bevor gestern zu Ende war, und Flora redet auch schon wieder mit mir. Ich war gerade eingeschlafen, als irgendetwas auf das Fußende meines Bettes plumpste, und dieses Etwas war sie.

»Bist du noch wach?«, flüsterte sie.

»Nein«, murmelte ich.

»Jetzt habe ich also Zach kennengelernt.« Flora kicherte und legte sich quer über mein Bett, so dass ihre Füße auf der einen und ihr Kopf auf der andere Seite herunterbaumelten.

Bisher hatte ich eigentlich noch nie so richtig über Liebe auf den ersten Blick nachgedacht. Sie gehört zu den Dingen, die man einfach so als gegeben hinnimmt, weil es in Filmen und Büchern ständig darum geht, aber Flora ist die Erste, bei der ich das hautnah miterlebe, und das ist schon ziemlich seltsam. Sie war schon in Dutzende von Jungs verknallt und mit ein paar von ihnen auch zusammen, aber bisher ist sie noch nie mitten in der Nacht zu mir ins Zimmer gekommen, um darüber zu reden.

»Er sieht echt super aus«, sagte sie. »Von nahem, meine ich.Er hat wunderschöne braune Augen, und wenn er lächelt, zieht er den einen Mundwinkel etwas höher als den anderen, das finde ich supersüß, und er hat ein Grübchen in der linken Wange. Und er kann richtig witzig sein. Ich habe mich bei ihm für dein Video entschuldigt. Und ich habe auch diese Sache, du weißt schon, mit der Schlägerei erwähnt, und da wurde er ganz verlegen und hat gesagt, das wär sonst nicht so seine Art, einfach auf Leute loszugehen, aber das Lied sei etwas sehr Persönliches gewesen, und es habe ihn furchtbar genervt, dass sich alle darüber lustig machen. Er ist so ein sensibler und künstlerischer Mensch. Er hat gesagt, im Moment hätte er ziemlich viel um die Ohren, und ich habe gesagt, ich hätte schon ein bisschen was von Zoran gehört, also nur so andeutungsweise, weißt du, ich habe natürlich nicht erwähnt, dass seine Hexenmutter nicht mal zum Konzert gekommen ist oder so. Ich habe nur ganz vage seinen Großvater einfließen lassen und gesagt, wie leid mir das alles tut, und er meinte, klar, das wäre schon echt hart, aber er wolle nicht darüber reden, und dann war es kurz ein bisschen peinlich, aber dann hat er mich gefragt, ob wir uns noch mal treffen wollen!«

»Dein Gesicht wird ganz rot«, sagte ich. »Ich glaube, bei dir staut sich das Blut im Kopf.«

Mit einem Ruck drehte Flora sich wieder richtig herum und strahlte mich an.

»Und habe ich schon erzählt, wie gut er riecht? Nach Zitronen. Vielleicht auch Limetten.«

»Das ist schön.«

»Ich gehe jetzt wieder ins Bett.«

Sie tänzelte zur Tür, mit etwas merkwürdigen, improvisierten Ballettbewegungen, und glitt hinaus.

Und ich liege jetzt schon seit Stunden wach. Heute kommt Jake zurück. Gerade wird mir klar, dass ich nicht die geringste Ahnung habe, wie er riecht.

Sonntag, 1. Dezember (Fortsetzung)

Wenn ich einen Film über Jake und mich drehen würde, würde ich ihn wahrscheinlich *Die Geschichte von Bluebell und Jake* nennen, und er ginge so:

Die Geschichte von Bluebell und Jake

Der Tag seiner Heimkehr

BLUE, ohne Brille und mit sportlicher Eleganz gekleidet, sitzt versonnen auf einer Parkbank. JAKE taucht lautlos hinter ihr auf.

JAKE

Du bist sogar noch schöner, als ich dich in Erinnerung hatte.

Mit einem anmutigen Seufzer wendet Blue sich zu ihm um. Jake schließt sie in seine starken Arme.

BLUE

Jake! Wie herrlich! Du riechst ja nach Zimt-Toast!

Oder so: BLUE geht mit ein paar Freunden die Straße entlang, lachend und unbekümmert, als ihnen plötzlich JAKE entgegeneilt, einen Blumenstrauß in der Hand und einen sorgenvollen Ausdruck im Gesicht.

JAKE

(mit vor Rührung erstickter Stimme)

Gott sei Dank, du lebst!

Seit deiner letzten witzigen und unterhaltsamen Mail habe ich jeden Tag versucht, dich anzurufen, um mich dafür zu entschuldigen, dass ich sie meiner ganzen Familie gezeigt habe!

BLUE

Madame Gilbert hat mein Handy konfisziert!

JAKE

(während er sie in seine starken Arme schließt)

Deine Augen sind wie das Meer an einem Sommertag und dein Duft erinnert an Rosen.

Beides wäre natürlich superkitschig, aber immer noch besser als das, was heute tatsächlich passiert ist, nämlich – nichts.

Ich habe den ganzen Tag darauf gewartet, dass Jake anruft. Ich weiß auch nicht, warum ich mich da so reingesteigert habe. Vielleicht wegen Flora letzte Nacht, vielleicht hat sie mich mit diesem ganzen verliebten Gequatsche angesteckt. Oder ich mag ihn doch lieber, als ich dachte. Vielleicht lag es aber auch an Dodi, die in aller Herrgottsfrühe mit einer Tasche voll Schminkzeug und Lockenwicklern bei mir auftauchte und mir das Gefühl gab, das Ganze sei viel wichtiger, als es eigentlich war.

»Du musst heute doch blendend aussehen«, schimpfte sie, als ich mich ihrer Generalüberholung widersetzen wollte. Sie verordnete mir ein Dampfbad und ein Gesichtspeeling und fing dann an, meine Schnittlauchhaare in schlaffe Ringellocken zu verwandeln.

»Das sieht hübsch aus und ist ein bisschen femininer«, sagte sie.

»Das sieht bescheuert aus«, konterte ich, aber Dodi meinte, ich solle ihr vertrauen.

»Ich lasse dir das Make-up und die Lockenwickler hier«, sagte sie. Vorher hatte sie mir noch die Nägel pink lackiert und mir gezeigt, wie ich mir die Augen schminken soll. »Dazu musst du morgen natürlich früher aufstehen. Und falls Jake hier vorbeikommt, leg einfach ein bisschen Lipgloss auf. Es soll ja ganz natürlich wirken.«

»Du meinst, wenn ich plötzlich Locken habe?«, fragte ich, aber sie sagte, das sei was anderes.

Je länger er nicht anrief, desto mehr sehnte ich mich danach. Nachdem Dodi gegangen war, habe ich mich an den Schreibtisch gesetzt und Hausaufgaben gemacht. Ich habe den ganzen Nachmittag gelernt und musste mich echt zusammenreißen, um nicht bei jedem Klingeln des Telefons oder der Türglocke aufzuspringen, und als Dodi vorhin anrief, um zu hören, was es Neues gab, habe ich so getan, als ließe mich das Ganze völlig kalt, aber das stimmt nicht. Glaube ich jedenfalls.

Wenn ich mir so sehr wünsche, dass Jake anruft, heißt das doch, dass ich ihn wirklich gernhabe – oder?

Wenn Iris hier wäre, würde sie bestimmt über uns lachen – über Dodi, die alle rumkommandiert, über Jake und seine blöden Mails und über mich, weil ich so nervös bin. Und auch wenn sie gestorben ist, lange bevor wir irgendwas mit Jungs am Hut hatten, bin ich mir sicher, dass sie versucht hätte, mich aufzumuntern. Heute hat der

Dezember angefangen. Die meisten Leute denken dabei an Weihnachten und an Urlaub, aber für mich ist das der Monat, in dem sie gestorben ist, und das Einzige, was ich im Moment ganz sicher weiß, ist, wie sehr sie mir fehlt.

Montag, 2. Dezember

Dodi hat mir genaue Anweisungen erteilt, was ich heute anziehen soll, aber ich habe verschlafen, und dann musste ich feststellen, dass alle meine Strumpfhosen Löcher haben, so dass ich meinen neuen Ballonrock, den sie für mich ausgesucht hatte, schon mal nicht anziehen konnte, und dann waren auch noch alle meine Jeans in der Wäsche, so dass nur noch diese alte Latzhose übrig blieb, in der ich aussehe, als wäre ich neun. Flora fand, ich sähe aus wie ein Komparse in einer Landwirtschaftssendung, aber dann war es auch schon nach acht, und ich musste rennen, um noch pünktlich zur Schule zu kommen.

Dodi musterte mich missbilligend, als ich auf den freien Platz neben ihr schlüpfte. »Du bist ganz rot im Gesicht«, sagte sie. »Du hast dir nicht die Haare gemacht und kein Make-up aufgelegt. Und schwitzen tust du auch noch.«

»Ist er da?«, fragte ich keuchend.

»Zwei Reihen weiter vorne, ganz außen«, seufzte sie. »Und was bitte schön soll dieser Stallknecht-Look?«

»Ist doch nur Jake«, sagte ich, aber mein Herz hämmerte wie verrückt. Von meinem Platz aus konnte ich nur seinen Hinterkopf sehen. Tom und Colin knufften ihn in die Seite. Jake drehte sich um und lächelte so ganz leicht, und ich stellte fest, dass er richtig braun geworden war und total fit aussah. Damit hatte ich, zugegebenermaßen, nicht gerechnet. Ich hatte ihn mir immer noch so vorgestellt, wie er vor seiner Abreise aussah, also sehr viel blasser und interessanter.

»Ist doch nur Jake?«, feixte Dodi.

Dodi findet, dass Jake jetzt richtig scharf aussieht. Ich weiß nicht, was ich finden soll. Ich habe schon Mühe, mich überhaupt an den Gedanken zu gewöhnen, einen Freund zu haben, geschweige denn einen scharfen, und Jake scheint mir auch ein bisschen durcheinander zu sein. Er hat mir einen australischen Schlapphut mitgebracht, mit diesen Korken an der Krempe, und einen Bumerang, was nett von ihm ist, aber nicht sehr romantisch. Als wir dann später mit den anderen nach Hause gingen, sagte er kaum ein Wort. Ich dachte, wir würden vielleicht noch ein bisschen im Park bleiben, oder er würde mich fragen, ob ich noch mit zu ihm komme, wie früher, als wir einfach nur Freunde waren, aber als wir an unserer üblichen Kreuzung ankamen, sagte er bloß, »Bis morgen, Blue«, und jeder ging seiner Wege.

Ich glaube allmählich, das Ganze war ein Riesenfehler.

Auf dem Nachhauseweg bin ich dann auch noch Flora in die Arme gelaufen. Sie und Zach haben sich heute Nachmittag im *Home Sweet Home* getroffen, weil sie beide eine Freistunde hatten, und jetzt glühte sie förmlich vor Verliebtheit. Als wir nach Hause kamen, saß Jas allein in der Küche, zwischen Bergen von Schulbüchern, und ich glaube, sie fand Flora genauso nervig wie ich, denn sie musterte sie nur kurz und knurrte dann, offenbar wäre jetzt ihre ganze Familie im Liebesrausch.

»Muffelkopf!«, trällerte Flora. »Wo ist Twig?«

Twig war, wie Jas uns mitteilte, gleich nach der Schule zur Eisenbahnbrücke am Kanal gegangen, um zuzusehen, wie die Züge drunter durchfahren.

»Maisie Carter hat einen kleinen Bruder«, stieß sie verächtlich hervor. »Und der findet Züge toll. Eigentlich sollte Maisie heute nach der Schule auf ihn aufpassen, aber sie hatte schon was Besseres vor, deshalb hat sie Twig gefragt, ob er mit ihm zu den Tschutschu-Zügen geht.«

»Ach wie süß«, sagte Flora.

Jas sagte, sie fände das abartig.

Mittwoch, 4. Dezember

Dodi ist der Meinung, dass Jake sich nicht wie ein richtiger Freund benimmt. Nach der Schule wartet er nicht auf mich, er unterhält sich nicht mit mir allein und benimmt sich auch sonst nicht so, als hätte sich irgendetwas zwischen uns geändert. Sie glaubt, dass er versucht, mir aus dem Weg zu gehen. So wie heute, als wir in der Mittagspause nur zu dritt waren, er, Dodi und ich, weil Tom und Colin nachsitzen mussten, und Dodi sagte, »Ich muss noch mal in die Bibliothek und die Bevölkerungsdichte der Sahara recherchieren«, weil sie uns allein lassen wollte, aber statt bei mir sitzen zu bleiben, sagte er, er hätte auch noch Hausaufgaben zu erledigen, und am Ende sind wir dann alle zusammen hingegangen.

»Das ist nicht das, was man von einem Freund erwartet«, meinte Dodi. Sie sagt, sie will mal mit ihm reden und ihm erklären, welche grundsätzlichen Regeln es gibt, wenn man mit jemandem geht.

Ich habe ihr erzählt, dass ich mich sowieso schon fragte, ob das Ganze ein Riesenfehler war.

»Vielleicht sind wir schon gar nicht mehr zusammen, und er hat es mir bloß noch nicht gesagt«, sagte ich.

»Händchen halten«, fuhr Dodi fort, die mir mal wieder nicht zuhörte. »Zusammen ausgehen. Zeit miteinander verbringen. Sich küssen.«

»Ich weiß gar nicht, ob ich das alles überhaupt schon will«, sagte ich, aber Dodi meint, natürlich würde ich das wollen.

Die Geschichte von Bluebell und Jake

Der Kuss oder: Die absolute Blamage

AUSSEN. TAG.

JAKE und BLUE laufen schweigend die Straße entlang.

JAKE

(den Blick auf den Fußweg gerichtet)

Also, wollen wir mal ins Kino gehen oder so?

BLUE

Ich, ähm, äh, tja.

JAKE

(der offenbar nicht bemerkt, dass Blue sich vor Verlegenheit windet und kein Wort herausbringt)

Samstagnachmittag?

BLUE

Oh, ähm, uh, hmm.

JAKE

Tja, also, dann bis morgen.

Er springt vor und presst seinen Mund auf den ihren. Sie macht ein würgendes Geräusch und rennt weg.

Donnerstag, 5. Dezember

Das war er also. Mein erster richtiger Kuss.

Ich weiß nicht, was Dodi zu Jake gesagt hat, jedenfalls hingen wir nach der Schule noch ein bisschen vorm Süßigkeitenladen rum, als die anderen sich plötzlich in Luft auflösten und dieses ganze Vorspringen-Küssen-Wegrennen passierte.

Wenn mein Leben verfilmt würde, wäre es nicht mal eine Tragödie. Romeo und Julia oder Titanic, wo am Schluss alle sterben, das sind Tragödien. Auch für eine romantische Komödie würde es nicht reichen, bestenfalls für eine Realityshow, auch wenn es mir manchmal völlig irreal vorkommt.

»Wie fühlt sich das an, wenn du Zach küsst?«, fragte ich Flora, als sie heute Abend zu mir hereinschwebte.

»So, als ginge dich das überhaupt nichts an«, gab sie zurück.

»Nein, mal im Ernst.«

Und Flora muss zurzeit wirklich extrem gute Laune haben, denn statt mir so was wie »Ich habe keine Zeit, meine doofen kleinen Schwestern in Liebesdingen zu unterweisen« an den Kopf zu knallen, womit ich fest gerechnet hatte, wurde sie ganz verträumt.

»Wie Magie«, seufzte sie. »Alles wird still, als wären wir die einzigen Menschen auf der Welt, als wäre die Zeit stehengeblieben und würde uns gleichzeitig in einem rasenden Wirbel verschlingen. Und warm fühlt es sich an. Wie Nachhausekommen. Als gäbe es keinen Ort, an dem ich lieber wäre.« Dabei starrte sie so ein bisschen ins Leere, aber dann gab sie sich einen kleinen ›Jetzt aber Schluss mit der Träumerei‹-Ruck und fragte, »Wieso, wie ist es denn mit Jake?«

»Das ist nicht so unser Ding«, sagte ich.

»Was?«, fragte sie, aber in dem Moment kam glücklicherweise Jas herein und sagte, »Ich habe eine Frage.«

»Du bist völlig mit Tinte eingesaut«, sagte Flora beim Rausgehen. »So viel musste ich früher nie für die Schule lernen, ehrlich.«

Jas nahm keine Notiz von ihr. »Du musst mir helfen«, sagte sie zu mir. Ich sagte, als sie mich das letzte Mal um Hilfe gebeten hat, hätten wir uns am Ende alle die Flöhe aus den Haaren gekämmt.

»Ich bin jetzt nicht in Stimmung«, erklärte ich ihr. »Ich denke gerade sehr wichtige Gedanken, und die muss ich aufschreiben.«

Jake zu küssen, fühlte sich nicht im Entferntesten wie Nachhausekommen an.

Jake zu küssen, fühlte sich nass und komisch an und überhaupt nicht so, wie ein erster Kuss sich anfühlen soll.

Freitag, 6. Dezember

Heute Morgen hat Mum, bevor sie zur Arbeit ging, die gesamte Wäsche in die Mülltonne statt in die Waschmaschine gestopft. Heute Nachmittag, als sie nach Hause kam, hat sie dann gemerkt, was sie getan hat, und sich mitten in der Küche auf den Boden gesetzt und geweint. Und als Dad dann reinkam, um nachzusehen, was das für ein Geräusch war, hat er sich einfach neben sie gesetzt.

»Ich konnte diese Hemden sowieso nicht leiden«, hat er gesagt. Mum hat angefangen zu lachen und ihm die Arme um den Hals gelegt, und dann sind sie nach oben ins Bett gegangen. Seitdem haben wir sie nicht mehr gesehen, außer, als Dad runterkam, um Mum einen überbackenen Toast zu machen, weil sie Hunger hatte. Währenddessen bekam er eine SMS von Mum aus dem Schlafzimmer, in der stand, dass sie auch Rice Krispies haben wollte. Ich glaube, so sehr habe ich ihn noch nie lachen sehen. Ich wusste gar nicht, dass Mum Rice Krispies mag.

Samstag, 7. Dezember

Zach war heute arbeiten, deshalb konnte Flora sich nicht mit ihm treffen, aber anscheinend muss sie, wenn sie nicht mit ihm zusammen ist, zum Ausgleich *ständig* über ihn reden. Sie hat den ganzen Tag lang kaum eine Pause eingelegt.

»Er hat seine Mutter schon seit über zwei Jahren nicht mehr gesehen«, erzählte sie uns. »Ich habe sie ja immer für eine Hexe gehalten, aber wie's aussieht, war es der nette Mr Rudowski, der sie damals nach dem Tod von Zachs Großmutter rausgeschmissen hat und gesagt hat, sie bräuchte nicht mehr wiederzukommen. Das hat Zach ihm nie verziehen.«

»Das klingt aber sehr dramatisch«, sagte Mum. Sie war schon wieder müde. Jas und ich saßen auf ihrem Bett und spielten Karten mit ihr, um ihr Gesellschaft zu leisten, während Flora die ganze Zeit über Zach redete und Twig im Badezimmer neue Frisuren ausprobierte.

»Es stimmt aber!«, beharrte Flora. »Zach sagt, sie wär eine tolle Mutter gewesen. Früher hat sie ihn öfter mal einfach aus der Schule genommen und ist mit ihm an die Küste gefahren, oder sie haben nachts im Richmond Park gezeltet. Und einmal hat sie ihn zum Tee ins Ritz eingeladen und dazu ein langes goldenes Cocktailkleid getragen, und er sollte so tun, als wär sie die Königin von Narnia.«

»Hört sich lustig an«, sagte Jas, während sie die Karten mischte. »Warum machst du so was nie mit uns, Mum?«

»Für mich hört sich das eher gestört an«, sagte ich. »Und wenn sie wirklich so toll ist, warum ist dann jetzt nicht hier?«

»Sie lebt in Südfrankreich. Zach wollte wirklich gern, dass sie zum Konzert kommt, und sie hat ihm geschrieben, sie würde es versuchen, aber er glaubt, dass sie nicht gekommen ist, weil sie solche Angst vor seinem Großvater hat.«

»Vor dem Großvater, der im Krankenhaus liegt?«, fragte ich.

Flora sagte, sie wüsste nicht, was das änderte, und warum ihre Familie ihr nicht einfach mal glauben könnte, wenn sie was erzählte, und dann kam Dad rein und sagte, »Mir persönlich macht dieser junge Mann auch ein bisschen Sorgen.«

»Hast du etwa gelauscht?« Jas schien beeindruckt. »Uns ausspioniert?«

Dad sagte, er hätte das Video gesehen, wo Zach sich im Klassenraum prügelt, und das hätte ihm gar nicht gefallen. Flora sagte, »Oh mein Gott, du hast tatsächlich spioniert«, und Dad sagte, das käme halt davon, wenn man eine Freundschaftsanfrage seiner Eltern auf Facebook akzeptiert.

»Ich kann's echt nicht glauben!«, rief Flora.

»Ich habe was gegen Jungs, die mit meinen Töchtern anbändeln«, sagte Dad. »Die bringen immer alles durcheinander.«

»Genau wie kleine Katzen?«, fragte Mum. Sie starrten sich an, und wieder hatte ich das Gefühl, dass sie eigentlich über etwas ganz anderes sprachen.

»Hör nicht auf ihn, Flora«, sagte Mum. »Er will dich nur provozieren.«

»Nein, will ich nicht«, sagte Dad. »Ich will sie schützen.«

»Diese Prügelei war eine absolute Ausnahme«, beharrte Flora. »Er war völlig außer sich.«

Mum sagte, sie hätte keinerlei Zweifel, dass Zach ein netter Junge sei, und würde sich freuen, wenn er mal zu Besuch käme, damit wir ihn kennenlernen konnten. Flora sagte, danach würde er bestimmt nichts mehr mit ihr zu tun haben wollen.

»Er ist so was hier nicht gewohnt.« Sie wies auf Mum, Jas und mich, wie wir alle auf dem Bett durcheinanderlagen, und auf Dad, der sich in einen Sessel lümmelte, die Füße auf dem Nachttisch.

»Ich glaube kaum, dass deine Mutter vorhatte, ihn im Schlafzimmer zu empfangen«, sagte Dad, und Flora erwiderte, er sei echt unmöglich, und stolzierte hinaus, ohne unser Gelächter zu beachten.

»Was macht eigentlich Jake?«, fragte mich Mum, um das Thema zu wechseln.

»Den könnt ihr vergessen!«, rief Flora vom Treppenabsatz her. »Die beiden haben sich noch nicht mal geküsst!«

»Freut mich zu hören!«, brüllte Dad zurück.

Wenn man vor Scham sterben könnte, wäre ich jetzt mausetot.

»Genau genommen«, murmelte ich, »bin ich heute Nachmittag mit ihm verabredet.«

»Wie schön!« Mum tätschelte meine Hand. »Und mach dir keine Sorgen wegen der Küsserei«, fügte sie gähnend hinzu. »Dafür bleibt euch noch genügend Zeit.«

Und dann schlief sie ein, einfach so. Jas und ich starrten sie fassungslos an.

»Meinst du, es ist alles in Ordnung mit ihr?«, fragte Jas im Flüsterton.

»Sie sieht doch ganz friedlich aus«, flüsterte ich zurück.

»Zum Küssen bleibt euch noch genügend Zeit«, grinste Jas.

»Halt die Klappe«, sagte ich.

Ich kann gut verstehen, warum Flora lieber nicht möchte, dass Zach unsere Familie kennenlernt.

Montag, 9. Dezember

Gestern habe ich es einfach nicht fertiggebracht, über meine Verabredung mit Jake zu schreiben. Die war nämlich ziemlich – verletzend. Den Sonntag habe ich komplett in meinem Zimmer verbracht, und am liebsten wäre ich heute nicht zur Schule gegangen, aber anders als die Mutter von Zach hält meine überhaupt nichts davon, wenn ihre Kinder Unterricht versäumen, es sei denn, sie sind krank.

Dodi stürzte gleich nach der ersten Stunde auf mich zu, offenbar hatte sie die wichtigsten Einzelheiten schon gehört.

»Tom und Colin waren auch dabei?«, rief sie. »Das ist ja unglaublich!«

»Woher weißt du das?«, fragte ich.

»Cressida hat euch in der Warteschlange gesehen. Sie fand das auch unglaublich. Sie sagt, ihr wärt in X-Men gegangen!«

»Der Film hat mir aber gut gefallen«, log ich. Ich konnte ihr einfach nicht die Wahrheit sagen, weder über den Film noch über die Tatsache, dass Jake den ganzen Abend kaum mit mir gesprochen hat.

Aber Dodi sagte, es ginge nicht darum, ob mir der Film gefallen hatte, sondern darum, dass das nun mal kein Film für ein erstes Date ist, egal ob die ganze Clique mitkommt oder nicht.

»Ich kann's echt nicht fassen, dass Cressida über mich tratscht«, sagte ich.

»Das Problem ist, dass ihr euch zu vertraut seid«, sagte Dodi. »Jake betrachtet dich noch zu sehr als Kumpel.«

»Das Problem«, korrigierte ich sie, »ist eher, dass er ganz offensichtlich nicht mehr mit mir zusammen sein will.«

»Du musst halt verführerischer sein«, meinte Dodi.

»Wie denn?«, fragte ich.

»Ihn betören.«

»Aber WIE?«, wiederholte ich.

»Schmollen oder mit den Wimpern klimpern oder so. Kichern, wenn er mit dir redet. Öfter mal Lipgloss auflegen. Seit meinem Styling hast du dich noch kein einziges Mal geschminkt.«

»Von diesem Lipgloss werden meine Lippen klebrig«, sagte ich. »Und ich weigere mich zu kichern. Flora kichert ständig, wenn sie mit Zach zusammen ist, und das nervt total.«

Dodi verdrehte die Augen, als wäre ich es, die nervt.

»Dann lächle wenigstens«, befahl sie mir.

Ich entblößte grinsend meine Zähne.

»Nicht für mich!«, kreischte sie. »Für ihn! Und freundlich! Nimm die Brille ab.«

Ich steckte meine Brille ein und lächelte etwas sanfter.

»So ist gut«, sagte Dodi. »Wenn du willst, kannst du richtig hübsch sein, weißt du das? Und jetzt rede ich noch mal ein Wörtchen mit Jake.«

»Ich glaube, das möchte ich lieber nicht«, sagte ich, aber da war sie schon weg.

Die Geschichte von Bluebell und Jake

Der Kuss (2. Anlauf)

BLUE tritt, in Begleitung von DODI, aus dem Schultor. JAKE wartet auf dem Fußweg. Dodi knufft Blue in die Seite, die daraufhin ihre Brille abnimmt. Sie hat Lipgloss aufgelegt. Jake löst sich von TOM und COLIN und geht auf sie zu, mit entschlossener Miene und immer noch leicht gebräunt, also ziemlich gut aussehend.

JAKE
(seine Stimme ebenso entschlossen wie seine Miene)
Soll ich dich nach Hause bringen?

BLUE
(mit strahlendem Lächeln, um zu kaschieren,
wie gnadenlos peinlich ihr die ganze Sache ist)
Aber gern, werter Herr.

Gemeinsam gehen sie in Richtung Park. Blue wirft heimlich einen Blick über die Schulter zurück. Dodi schürzt die Lippen und wirft ihr Kusshände nach. Colin und Tom sehen das und kichern. Jake beachtet sie nicht. Blue lächelt krampfhaft weiter, obwohl ihr schon die Wangenmuskeln wehtun.

JAKE
Wollen wir uns auf diese Bank hier setzen?

BLUE
Das wäre schön.

Sie lassen sich auf einer Parkbank nieder. Eine Weile sitzen sie schweigend nebeneinander. Dann wendet Jake sich ihr zu. Blue, immer noch wie eine Irre grinsend, wendet sich Jake zu. Jake räuspert sich, beugt sich vor und küsst Blue auf den Mund. Blue widersteht dem überaus dringenden Bedürfnis zu kichern und küsst ihn zurück. Jake schließt die Augen. Blue auch.

Freitag, 13. Dezember

Für den Rest der Woche bin ich Jake aus dem Weg gegangen. Nach diesem Date wollte ich ihm auf keinen Fall begegnen. Mein einziger Gedanke war, wenn er mich nicht sieht, kann er auch nicht mit mir Schluss machen. Denn dass Jake mit mir Schluss machen könnte, war die absolut demütigendste Vorstellung der Welt.

Indem ich immer erst in letzter Sekunde in die Klassenräume huschte, mittags in der Bibliothek aß und mich nach Schulschluss im Mädchenklo versteckte, gelang es mir tatsächlich, tagelang nicht mit ihm reden zu müssen, aber wenn Dodi sich einmal etwas vorgenommen hat, gibt es kein Entrinnen.

Flora, die über Cressidas ältere Schwester von dem unseligen Kinoabend gehört hatte, meinte, eigentlich müsste *ich* ja wohl mit Jake Schluss machen, statt Schiss zu haben, dass er das tut. »Aber wenn ich mit ihm Schluss mache, zeigt das ja, dass er mich gekränkt hat, und das wäre mir genauso peinlich«, erklärte ich ihr, was sie bescheuert fand, aber jetzt bin ich richtig froh, dass ich nicht auf sie gehört habe, und genauso froh bin ich, dass Dodi meine beste Freundin ist.

Als Jake mich zum zweiten Mal geküsst hat, habe ich zwar nichts von irgendeinem Wirbel gespürt, aber es war trotzdem schon deutlich besser.

Genau genommen war es sogar ganz schön.

Aber ich weiß nicht, ob ich jetzt schon darüber schreiben kann. Ich bin immer noch ein bisschen durcheinander.

Samstag, 14. Dezember

Heute musste ich Jas zu ihrer Reitstunde bringen. Das macht sonst immer Dad, aber wie es aussieht, steckt er mit seinem Roman mal wieder in einer kritischen Phase und darf auf keinen Fall gestört werden.

Die Reitstunden hat Jas von Grandma zum Geburtstag bekommen, kurz vor deren Abflug nach Arizona. Grandma ist ein Pferdenarr und hätte fast geweint, als sich Jas im Sommer welche gewünscht hat. Sie hat Jas sogar gleich am ersten Abend von der Ranch aus angerufen, auf der sie wohnt, und ihr endlos vom GALOPPIEREN ÜBER DIE WEITEN EBENEN vorgeschwärmt, von der SCHÖNHEIT DER EINFACHEN, AUFRECHTEN PFERDEMENSCHEN und wie sehr sie sich freut, das alles eines Tages vielleicht auch MIT JAS TEILEN ZU KÖNNEN.

Der Reitstall, wo Jas hingeht, liegt direkt unter der Autobahn, ein winziges Gelände, zwischen Busdepot und Sportzentrum eingeklemmt. Von den endlosen Ebenen ist das ziemlich weit entfernt, aber ich kann trotzdem verstehen, warum Jas so gern hingeht. Es ist wirklich ein ziemlich irres Gefühl, aus der U-Bahn zu kommen, einen schmalen Durchgang voller Graffiti zu passieren und sich dann plötzlich mitten in einer Herde draller, schimmernder Ponys wiederzufinden. Jas hüpfte auf den Hof, als wäre sie hier zu Hause, und rannte auf eine junge Frau zu, die in einer hautengen Reithose und hohen Reitstiefeln über den Platz marschierte, mit der Peitsche knallte und einer Schar von Kindern, die mit Sätteln auf dem Arm durch die Gegend wuselten, Befehle zubellte.

»Das ist Gloria«, erklärte Jas. »Gloria, das ist meine Schwester Blue.«

»Sehr erfreut«, sagte Gloria. »Du kannst Jas dabei helfen, Mopsy zu satteln.«

Ich folgte Jas in die Sattelkammer, wo ein alter Mann, der wie ein Landstreicher aussah, in einer Ecke saß und Tee trank.

»Das ist Bill«, flüsterte Jas. »Glorias Vater. Der war früher mal Jockey.«

Bill sah aus, als könnte er kaum noch laufen, geschweige denn ein Pferd reiten. Ich winkte ihm zu und er knurrte irgendwas. Jas reckte sich, um hinter ihm ein Zaumzeug vom Haken zu nehmen.

»Nicht das da«, blaffte er.

Wenn irgendwer zu Hause mit Jas in diesem Ton gesprochen hätte, wäre sie vermutlich in Tränen ausgebrochen, aber hier lachte sie nur, nahm sich ein anderes Zaumzeug und hüpfte wieder raus, um ihr Pony zu satteln. Der alte Mann sah ihr nach und ich könnte schwören, dass er gelächelt hat, aber als er sah, dass ich ihn beobachte, machte er gleich wieder sein mürrisches Gesicht.

Dann folgte eine typische Reitstunde, bei der viele Mädchen und ein einziger Junge dicht hintereinander im Kreis ritten, während Gloria irgendwelche Anweisungen ins Megafon brüllte. Ich sah zu, wie Jas mit ihrem Pony einen kleinen Hindernisparcours absolvierte und dabei zwei Warnkegel und einen Kübel mit Plastikgeranien umstieß. Gloria ließ sie eine zweite Runde reiten. Wie sie da auf ihrem Pony saß, über seinen Hals gebeugt, das schwarze Haar im Gesicht und die Wangen gerötet, schien Jas ein völlig anderer Mensch zu sein, glücklich und selbstbewusst, als würde sie sich alles zutrauen. Es war seltsam, sie so zu sehen. Ich fragte mich, ob das vielleicht die echte Jas war, im Gegensatz zu der, die wir jeden Tag zu sehen bekamen, die oft weinte und sich Sorgen machte und schmollte. Fast kam es mir so vor, als würde ich sie gar nicht kennen. Und das brachte mich dann auf die Frage, wie gut man überhaupt irgendjemanden kennt, sich selber eingeschlossen.

Jakes Familie hat an diesem Wochenende Besuch aus Australien, was bedeutet, dass wir uns nicht sehen können. Ich habe gefragt, ob er sich nicht mal wegstehlen kann, nur ganz kurz, aber er sagte Nein und wir würden uns am Montag in der Schule sehen.

Montag kommt mir noch total weit weg vor. Ich glaube, ich mag Jake jetzt doch.

Nicht zu fassen, dass ich einen richtigen Freund habe!

Mum kam heute Abend zu mir ins Zimmer, als ich schon im Bett lag. Das hat sie ewig nicht mehr gemacht. Ich habe gedacht, dass Mütter vielleicht eine Art Instinkt für solche Sachen hätten und sie mit mir über Jake reden wollte, aber lange Zeit hat sie erst mal gar nichts gesagt. Sie hat sich auch nicht zu mir gelegt, wie sie es früher oft getan hat, sondern saß die ganze Zeit nur auf meiner Fensterbank und schaute in den Garten hinaus, obwohl es draußen stockfinster war.

»Wir müssen bald einen Weihnachtsbaum besorgen«, sagte sie schließlich.

Ich hatte plötzlich einen Kloß in der Kehle, weil ich zu wissen glaubte, was ihr auf der Seele lag. Weihnachtsbäume sind in meiner Familie immer ein bisschen schwierig, weil sie uns an Iris erinnern.

»Das kriegen wir schon hin«, sagte ich.

»Meinst du?«, fragte sie. Sie sah aus, als würde sie gleich anfangen zu weinen, was in letzter Zeit öfter vorkommt, und ich nahm endlich meinen Mut zusammen und fragte sie, was ich mich seit diesem heimlichen Arzttermin nicht zu fragen getraut hatte.

»Mum, ist wirklich alles in Ordnung mit dir?«

»Was meinst du damit?«

»Du wirkst so traurig.«

»Zu dieser Zeit des Jahres bin ich immer traurig.«

»Ich meine, abgesehen davon.«

»Es gibt jedenfalls keinen Grund zur Sorge«, sagte Mum, und ich weiß, ich hätte nett sein sollen, aber ich bin ihre Heimlichtuerei inzwischen so leid, dass ich stattdessen gesagt habe, wenn das alles wäre, könnte sie ja jetzt mal gehen, ich wollte nämlich schlafen.

»Sei nicht so böse«, sagte sie.

»Dann sei du nicht so nervig«, erwiderte ich.

Sie ging tatsächlich, aber im nächsten Moment wünschte ich mir auch schon wieder, sie wäre geblieben. Ich weiß nicht, wie man mit seiner Mutter über seinen Freund redet, aber ich glaube, es wäre ganz schön gewesen, ihr von Jake zu erzählen. Außerdem gab es früher, bevor Iris starb, bei uns mal die Regel, dass keiner traurig oder wütend ins Bett gehen darf, aber die gilt jetzt offenbar nicht mehr.

Die Filmtagebücher der Bluebell Gadsby

5. Szene (Transkript)
Das Abendessen

INNEN. ABEND.

Wir befinden uns wieder in der Küche der Gadsbys, die MUTTER am Herd, wo sie diesmal irgendwas Kompliziertes mit Pflaumen zubereitet. Eine Lammkeule schmort in einem Topf, daneben stehen ein Apfelkuchen und eine Schüssel mit Vanillesoße.
VATER deckt den Tisch. Er hat strikte Anweisungen erhalten, deshalb gibt er sich besondere Mühe; er holt Kerzenhalter und Silberbesteck hervor und auch das wunderschöne alte Leinentischtuch mit Spitzenborte, das Mutter noch von ihrer Großmutter geerbt hat. JASMINE sitzt auf dem Sofa, die Nase in einem Buch und die Kätzchen auf dem Schoß.
Vater stellt die Teller mit Räucherlachs auf den Tisch.

VATER
(gereizt)
Es wäre nett, wenn mir wenigstens
eine meiner Töchter helfen würde.

MUTTER

(seltsam besänftigend)

Nicht böse sein, Liebling. Ich habe Blue gebeten, das hier zu filmen. Ich fand das eine nette Idee. Jas, gehst du bitte deinem Vater zur Hand?

Jasmine seufzt und rappelt sich vom Sofa hoch. Die Katzen (inzwischen drei Monate alt und nicht mehr ganz so winzig) trappeln munter durch den Raum.

JASMINE

(die erst jetzt die Berge von Essen bemerkt)

Kommt sonst noch jemand?

MUTTER

(in nervösem Tonfall)

Nein, Liebes, nur wir. Dein Vater und ich ...

VATER

(warnend)

Cassie!

FLORA

(die gerade in die Küche platzt)

Er kommt! Er ist gleich da! Ist alles bereit?

(bemerkt den gedeckten Tisch,
die Servietten, den Lammbraten)

Was macht ihr denn hier? Er dreht durch, wenn er das sieht. Ich habe gesagt, es gäbe nur Nudeln.

VATER

Von wem redest du denn überhaupt?

FLORA

Von Zach! Ich habe ihn und Zoran zum Essen eingeladen. Mum, hast du meine SMS nicht bekommen?

MUTTER

(mit erschrockener Miene)

Der Akku von meinem Handy ist leer.

VATER

(wutentbrannt)

Du rufst ihn sofort an und sagst, dass er nicht kommen kann!

FLORA

Was ist denn mit *dir* los?

TWIG kommt herein, nur in Unterhose. Flora schreit ihn an, er soll sich was überziehen. Twig erwidert, er hätte nichts mehr zum Anziehen, weil Mutter all seine Jeans aus Versehen der Wohlfahrt gespendet hat. Mutter erwidert, er hätte sich ständig beklagt, ihm wäre alles zu klein. Twig antwortet, dass normale Menschen erst mal neue Sachen kaufen, bevor sie die alten weggeben. Flora erklärt, dass sie es keinesfalls dulden wird, dass ihr Freund ihren Bruder nackt sieht. Hermine hüpft lautlos auf den Tisch und macht sich über den Räucherlachs her. Vater scheucht sie weg und wirft dabei eine Flasche Rotwein um.

MUTTER
Das Tischtuch meiner Großmutter!

VATER(brüllend)
ZUM TEUFEL MIT DEM TISCHTUCH! UND ZUM TEUFEL
MIT DEN KATZEN UND DEN KERZEN UND
DEN LÄSTIGEN FREUNDEN MEINER TÖCHTER!
ZUM TEUFEL MIT ALLEM, WAS MIR STÄNDIG
IN DIE QUERE KOMMT!

Alle starren ihn an, völlig gebannt. Niemand - außer dem KAMERAMANN (Blue) - bemerkt, wie die Küchentür aufgeht, hinter der ein besorgt wirkender ZORAN und ein vor Angst fast versteinerter ZACH zum Vorschein kommen.

MUTTER
David, beruhige dich.

VATER
HEUTE ABEND SOLLTE ES UM WAS GANZ ANDERES GEHEN!

ZORAN
(sehr sanft)
Worum sollte es denn gehen, David?

Vater sackt kraftlos zusammen und wirkt fast so verängstigt wie Zach. Mutter geht zu ihm hin, nimmt seine Hand und schaut dann in die Kamera.

MUTTER

Wir bekommen ein Baby.

Sonntag, 15. Dezember

Armer Zach. Bestimmt hat er gedacht, wenn er das erste Mal bei Floras Familie zu Besuch ist, dreht sich alles nur um ihn. Wahrscheinlich hat er seinen Auftritt vor dem Spiegel in Zorans Mini-Badezimmer geübt und sich gefragt, ob er Dad *Sir* oder *Mr Gadsby* nennen soll, ob er seinen Kapuzenpulli anbehalten kann oder lieber ein Hemd anziehen soll und ob er Mum einen Blumenstrauß mitbringen muss, und all so was. Bestimmt hat er nicht erwartet, irgendwo reinzukommen, wo Katzen durch die Luft segeln und eine Horde von Leuten durcheinanderbrüllt, weil sie gerade eine bahnbrechende Neuigkeit erfahren haben – und das, nachdem er kurz vorher auch noch hören musste, wie man ihn als *lästig* bezeichnet. Das war bestimmt das Allerletzte, womit er gerechnet hat.

Ich hörte, wie Zoran ihm beruhigend »Das ist ganz normal, die sind immer so« zuflüsterte und dann ins Zimmer stürmte, um Mum zu umarmen.

»Du hast es ihnen also endlich erzählt!«, sagte er.

»Du hast es gewusst!«, schrie ich.

»Ich habe ihn angefleht, zu uns zurückzukommen, wenn das Baby da ist«, schniefte Mum. »Und ich hatte solche Sorge, wie ihr die Neuigkeit wohl aufnehmen würdet, bei dem großen Altersunterschied und allem.«

Ich wusste, dass sie mit *und allem* Iris meinte.

Offenbar hat Zoran schon ewig gemeint, sie soll es uns erzählen, aber sie hatte zu viel Angst davor. Erst als ich gestern Abend so wütend geworden bin, ist ihr klar geworden, dass sie es nicht länger geheim halten kann.

»Freust du dich?«, fragte sie mich.

»Ich glaube schon«, stammelte ich.

»Ein Baby!« Flora schien fassungslos.

»Wird es ein Junge?«, fragte Twig.

Jas sagte überhaupt nichts zu Mum und Dad. Stattdessen löste sie sich aus dem Gedränge, das sich um unsere Eltern gebildet hatte, und ging schnurstracks zu Zach hinüber, mit sehr schüchterner, aber auch fest entschlossener Miene.

Ich hörte, wie sie ihm »Ich fand dein Lied ganz toll« zuflüsterte. Und Zach guckte nicht mehr verängstigt, sondern verlegen.

»Kann ich dich mal was fragen?«, fragte sie, aber dann sah sie, dass ich zuhörte, und bedeutete mir mit einem Stirnrunzeln, zu verschwinden.

Das Abendessen war lecker und fast gar nicht verbrannt. Ich glaube, Mum war so erleichtert, ihr Geheimnis endlich losgeworden zu sein, dass sie gar nicht mehr aufhören konnte zu lachen. Eigentlich hatte sie gedacht, sie könnte gar keine Babys mehr bekommen, deshalb hat es ziemlich lange gedauert, bis ihr überhaupt klar war, dass sie schwanger ist. Inzwischen weiß sie es schon seit Monaten, aber sie und Dad wollten sich erst mal selbst an den Gedanken gewöhnen, bevor sie uns davon erzählten.

»Anfangs waren wir ziemlich durch den Wind«, sagte Mum.

Ich bin mir allerdings nicht sicher, ob Dad sich wirklich schon so richtig an den Gedanken gewöhnt hat. Als Flora fragte, ob sie sich schon einen Namen überlegt hätten, und Mum uns fragte, was wir von Hazel hielten, egal, ob es ein Junge oder ein Mädchen wird, verzog er gequält das Gesicht, und das nicht nur, weil ihm der Name Hazel nicht gefiel. Über Namen zu reden, sagte er, würde das Ganze noch viel realer erscheinen lassen.

»Es ist ja auch real«, rief Flora. »Jetzt, wo ich weiß, dass Mum schwanger ist, sehe ich ganz deutlich den Bauch und alles! Unglaublich, dass uns das vorher nicht aufgefallen ist!«

»Wir schaffen das schon, David.« Mum strahlte, und Dad trank hastig einen großen Schluck Wein.

Twig, Jas und ich haben eigentlich nicht viel gesagt, aber Flora und Zoran dafür umso mehr. Es gibt so Leute, die können einfach endlos quatschen, egal, was los ist, als wäre hier nicht gerade eine riesige Bombe geplatzt. Zach saß neben Flora und war anfangs ganz still, aber dann hat Mum ihn nach seinem Großvater gefragt, und nach seiner Musik, und Dad fing an, von seiner Schulband zu erzählen und von all den Konzerten, bei denen er früher mal war. Flora sah aus, als würde sie vor Scham im Boden versinken, aber dann stellte sich heraus, dass Zach viele der Bands, die Dad früher gut fand, auch gut findet. Und dann fing Twig, der auf der anderen Seite neben ihm saß, ein Gespräch über Fußball mit ihm an und fragte ihn auch, ob er vielleicht tischlern kann, weil er endlich mal das Baumhaus fertig bauen will, und auch wenn Zach daraufhin nicht wirklich gesprächig wurde, machte er zumindest nicht länger den Eindruck, als erwarte er, dass wir ihm jeden Moment bei lebendigem Leib die Haut abziehen und ihn dann den Geiern zum Fraß vorwerfen würden.

Ich habe erst ganz am Ende des Abends mit ihm gesprochen, weil ich dafür meinen ganzen Mut zusammennehmen musste, aber als Zoran sich schließlich von allen verabschiedete und Zach etwas verloren danebenstand, bin ich zu ihm hingegangen und habe mich bei ihm entschuldigt. Ich habe nicht mal versucht, Dodi die Schuld in die Schuhe zu schieben. Eigentlich hatte ich mir eine längere Rede zurechtgelegt, aber am Ende brachte ich nur ein genuscheltes »Tut mir echt leid, das mit dem Video« heraus, und er wurde rot und nuschelte »Hey, kein Problem« zurück. Ich dachte, dabei würden wir es belassen, aber dann fügte er noch hinzu, »Ich hab's mir übrigens noch mal angesehen und fand es ziemlich witzig«, und plötzlich war mir klar, warum Flora so verrückt nach ihm ist. Es ist zwar ein Klischee, aber wenn er lächelt, leuchtet tatsächlich sein ganzes Gesicht auf, und er hat so eine Art, einen anzusehen, als wäre man ihm wirklich wichtig.

Zach ist super.

Das finden unsere Eltern auch. »So ein netter Junge«, sagte Mum, als er weg war. Dad stimmte zu, und ob sie der Meinung wäre, er sollte auch mal wieder mit dem Gitarrespielen anfangen, und dann gingen sie Hand in Hand ins Bett, als hätten sie sich in ihrem ganzen Leben noch nie gestritten. Und Flora strahlte und schwebte hinter ihnen die Treppe hinauf, gefolgt von einem zufriedenen Twig, der an einem einzigen Abend nicht nur einen großen, quasi angeheirateten Bruder an Land gezogen hatte, der Fußball spielt und Baumhäuser bauen kann, sondern vielleicht auch noch einen kleinen, leiblichen Bruder.

Blieben also nur noch Jas und ich.

Ein Baby.

Ich kann's immer noch nicht fassen.

Montag, 16. Dezember

Ein Baby. Keine unheilbare Krankheit, kein bevorstehender Tod, keine Scheidung. Ein *Baby.*

Heute Morgen auf dem Weg zur Schule meinte Flora: »Euch ist ja wohl klar, was das bedeutet, oder? Dass unsere Eltern es immer noch tun.« Und Jas fragte, »Dass sie was tun?«, und Flora sagte, »Na, was glaubst du wohl, wie Babys entstehen?« Twig machte ein angewidertes Geräusch. Jas wurde feuerrot und sagte, »Ach so, das!«, und dann schwiegen wir, und jeder hing seinen persönlichen Gedanken darüber nach, wie Mum und Dad Babys machten. Wir waren alle sehr erleichtert, als Dodi an der Kreuzung zu uns stieß.

»Was ist los?«, fragte sie. »Ihr seht alle so aus, als wäre euch übel.«

Ich erzählte es ihr und hatte sofort ein schlechtes Gewissen, weil sie genauso reagierte, wie ich es eigentlich hätte tun sollen.

»Das ist ja SUPER!«, rief Dodi. »Ein Baby! Ich liebe Babys! Die sind so süß!«

»Die brüllen die ganze Nacht und kacken in die Windel«, sagte Twig. »Was ist daran süß?«

»Oh mein Gott!« Dodi war plötzlich ein Gedanke gekommen, und als ich ihr Gesicht sah, wusste ich auch sofort, welcher. »Das heißt ja, dass eure Eltern es immer noch …«

Jetzt fühlte ich mich wieder besser.

»Aber Babys sind wirklich süß.« Floras Miene hellte sich auf. »Wenn es erst mal da ist, können Zach und ich mit ihm im Park spazieren gehen und so tun, als wär's von uns!«

Twig fand das völlig gestört, aber ich wünschte, ich könnte so sein wie Flora. Das Leben muss viel leichter sein, wenn man so ist wie sie.

Dodi und ich haben heute die erste Stunde geschwänzt. Dodi hat so getan, als hätte sie ganz schlimme Bauchschmerzen, und ich habe gesagt, ich müsse mich um sie kümmern, und dann haben wir uns in der Mädchentoilette auf den Boden gesetzt, der so früh am Morgen noch ziemlich sauber ist.

»Freust du dich?«, fragte Dodi, und ich erzählte ihr, dass ich das noch gar nicht so genau wüsste.

»Ist bestimmt ein komisches Gefühl«, sagte sie, und ich sagte, ja, allerdings.

»Aber trotzdem nett«, sagte Dodi. »Und du darfst jetzt nicht an Iris denken. Mit ihr hat das gar nichts zu tun, überhaupt nichts.«

Und genau deshalb habe ich Dodi, so nervig sie auch sein kann, immer noch richtig gern. Weil sie immer weiß, was ich denke.

Ich wollte auch mit Jake über das Baby reden, aber er war heute ziemlich still. »Ist ja echt der Hammer«, sagte er, als ich es ihm erzählte, aber als ich ihm dann erklären wollte, wie es mir damit geht, habe ich gleich gemerkt, dass er gar nicht richtig zuhört.

»In Gefühlsdingen sind Jungs echt das Letzte«, sagte Dodi, um mich zu trösten.

»Früher war Jake das aber nicht«, widersprach ich. Dodi sagte, sie hätte in einer Zeitschrift gelesen, dass manche Jungs Probleme damit haben, wenn aus einer Freundschaft eine Beziehung wird, und ich müsste Geduld haben und ihm viel Zeit und Freiraum geben. Deshalb habe ich heute Nachmittag, als Jake mir nach der Schule erklärte, er könne mich heute nicht nach Hause bringen, auch nur gelächelt, als ließe mich das völlig kalt, und gesagt, kein Problem, ich hätte auch schon was anderes vor, und dann habe ich Mum aus dem Büro abgeholt.

Ich habe draußen auf sie gewartet. Als sie rauskam, sah sie müde, aber auch ganz zufrieden aus, und genau wie Flora fragte ich mich, warum keinem von uns bisher aufgefallen war, wie sehr sie sich verändert hat. Jetzt, wo ich weiß, dass sie schwanger ist, springt es förmlich ins Auge. Ihr Bauch selbst ist eigentlich noch gar nicht so dick, aber sie ist insgesamt einfach viel *runder* als vorher.

Zoran hat mal gesagt, man würde immer nur das sehen, was man sehen will, und anscheinend hat er Recht.

»Blue!« Sie erschrak, als sie mich entdeckte, aber besonders überrascht war sie, glaube ich, nicht. Ich fragte, ob sie ein bisschen Zeit für mich hätte, und sie hakte sich bei mir ein und sagte, sie wüsste genau den richtigen Ort für uns.

Die Kirche war klein, dunkel und kalt, aber es roch nach Weihrauch und jemand hatte Blumen vor den Altar gestellt. Ein Pfarrer in langer, dunkler Robe unterhielt sich mit einer alten Dame, die in einer der vorderen Bänke saß. Er winkte Mum zu und lächelte, als würde er sie kennen.

»Ich komme manchmal in der Mittagspause her«, sagte Mum. »Hier kann man so schön still sein.«

Sie ging mit mir zu einem dieser Tische, wo man Kerzen anzünden kann, wenn man ein paar Münzen in eine Kiste wirft.

»Es ist aber doch noch gar nicht Weihnachten«, sagte ich.

Wir gehen eigentlich immer nur zu Weihnachten in die Kirche, zum Gedenken an Iris, die am Heiligabend gestorben ist.

Mum drückte mir einfach eine Kerze in die Hand. Ich versuchte zu beten, aber darin bin ich nicht so gut, deshalb dachte ich stattdessen nach. Ich dachte an Iris und wie sie sich wohl fühlen würde, wenn sie an meiner Stelle hier stünde. Iris hat alle Arten von Tierkindern geliebt, und eigentlich ist ein Baby doch auch nicht viel anders als, sagen wir, ein Kätzchen oder ein Hundewelpe. Ich dachte daran, dass sie dieses Baby niemals kennenlernen würde und dass das einfach nicht richtig war.

»Willst du mal fühlen, wie es tritt?«, flüsterte Mum und ich zögerte, aber sie nahm einfach meine Hand und legte sie sich unter ihrer Jacke auf den Bauch. Angeblich habe ich früher, als sie mit Twig und Jas schwanger war, auch immer gefühlt, wie sie getreten haben, aber ich kann mich nicht mehr daran erinnern und war überhaupt nicht darauf gefasst, wie stark man das spürt. Ich zuckte zusammen, als das Baby gegen meine Handfläche trat, und schrie laut auf. Der Pfarrer und die alte Dame hoben den Blick, und als sie sahen, was los war, lächelten sie.

»Was meinst du, wie sich das für mich erst anfühlt«, sagte Mum lachend.

»Hast du es schon richtig lieb?«, fragte ich. »Genauso sehr wie uns?«

Sie überlegte so lange, dass ich schon gar nicht mehr mit einer Antwort rechnete, aber dann sagte sie, dass man ein Baby auf ganz andere Weise liebt als ein älteres Kind, und dass sie manchmal das Gefühl hätte, als würde sie uns alle immer mehr lieben, je größer wir wurden. Sie sagte, es gebe nichts Wichtigeres für sie auf der Welt, als uns zu schützen, und das Wissen, dass sie trotzdem nicht verhindern kann, dass uns auch manchmal schlimme Dinge zustoßen, würde sie immer noch völlig fertigmachen, und ob ich das verstehen könnte.

Ich nickte. Sagen konnte ich nichts, weil ich so einen dicken Kloß im Hals hatte.

»Mach dir keine Sorgen, wenn du noch nicht so richtig weißt, was du von alldem halten sollst. So was muss man erst mal in Ruhe überdenken. Babys bringen alles durcheinander, würde dein Vater sagen.«

»So wie die Freunde seiner Töchter«, sagte ich. »Und kleine Katzen.«

Ich legte wieder meine Hand auf ihren Bauch. Diesmal fühlte es sich anders an, größer und runder als der kleine Fuß, den ich vorhin gespürt hatte.

»Der Kopf«, sagte Mum.

»Muss ich da besonders aufpassen?«

»Der hält mehr aus, als du denkst.«

Ich weiß nicht, wie lange wir so gesessen haben, mein Kopf an Mums Schulter, ihre Arme um meinen Körper geschlungen und meine Hand auf dem Kopf des Babys in ihrem Bauch. Irgendwann räusperte sich der alte Pfarrer und sagte, es täte ihm leid, uns zu stören, aber er müsse die Kirche jetzt abschließen. Mum drückte mich noch einmal ganz fest und dann standen wir auf.

»Ich möchte, dass dieses Weihnachten unser schönstes wird«, sagte sie. Sie sagte nicht »seit Iris gestorben ist«, aber ich wusste, dass sie das meinte. Meine Frage, ob sie das Baby schon lieb hat, hatte sie mir gar nicht beantwortet, aber das brauchte sie auch nicht mehr.

Mittwoch, 18. Dezember

Heute hatten wir wegen der Weihnachtsferien nur bis mittags Schule. Danach ging ich mit den anderen ins *Home Sweet Home*. Colin, Dodi und Tom alberten herum und versuchten, alle Strophen von *Rudolph mit der roten Nase* zusammenzukriegen. Ich saß neben Jake, der immer noch sehr still war, und als wir wieder rausgingen, ließ ich mich zu ihm zurückfallen und fragte ihn, ob alles in Ordnung ist.

Jake sagte, ihm ginge es gut.

»Du kannst mit mir über alles reden, weißt du?«, sagte ich.

Die anderen waren bei dem kleinen Weihnachtsmarkt stehen geblieben, der Anfang Dezember aufgebaut worden ist. An den meisten Ständen gibt es nur was zu essen oder Glühwein oder teure Sachen, die wir uns nicht leisten können, aber einer hat so eine Ecke mit Sachen unter 3 Pfund und bei dem hatte Colin so einen Weihnachtsmann-Anstecker für seine kleine Schwester gekauft.

»Ist das nicht der Hammer?«, sagte er. »Guckt mal, was passiert, wenn man hier auf die Mitte drückt.«

Wir guckten alle. Der Anstecker blinkte und spielte *Jingle Bells*. Alle lachten, sogar Jake.

Er hat ein nettes Lachen.

»Das ist ja super«, sagte ich, und das war es ja auch irgendwie.

»Den findet meine Schwester bestimmt cool«, sagte Colin.

»Was schenkst du eigentlich Blue zu Weihnachten, Jake?«, fragte Dodi.

Jake verzog leicht panisch das Gesicht und sagte, darüber hätte er noch gar nicht nachgedacht. Ich sagte, kein Problem, ich hätte auch noch nichts für ihn besorgt, ich würde erst am Samstag meine Weihnachtseinkäufe machen.

»Aber Jake fährt doch morgen schon zu seiner Oma«, sagte Tom. »Du solltest ihm lieber vorher noch was schenken, Blue, sonst macht er vielleicht mit dir Schluss.«

Dodi sagte zu Tom, er sei ein Idiot.

»Ich dachte, ihr fahrt erst Heiligabend?«, sagte ich zu Jake, und er wurde feuerrot und sagte, es hätte sich was geändert und er würde schon früher fahren.

Eine Band fing an, Weihnachtslieder zu spielen, und Dodi zog mich weg, um sie sich anzusehen. Ein paar Minuten später kamen auch die Jungs dazu. Auf dem restlichen Weg war Jake noch stiller als sonst, aber als wir uns im Park verabschiedeten, schenkte er mir so einen Weihnachtsmann-Anstecker.

»Ich habe ihn gekauft, als ihr bei der Band gestanden habt«, sagte er verlegen. »Den von Colin fandest du doch auch so toll.«

Ich drückte auf die Mitte. Mein Anstecker spielte zwar nicht *Jingle Bells*, aber er blinkte auch und machte *Ho, ho, ho*.

»Der ist super«, sagte ich und küsste Jake auf die Wange.

Als ich nach Hause kam, stand ein riesiger Weihnachtsbaum im Flur. Flora, Twig und Jas saßen auf der Treppe und sahen zu, wie Zach und Dad sich abmühten, ihn gerade auszurichten. Zach ist jetzt fast ständig bei uns. Ich glaube, in letzter Zeit war er jeden Tag nach der Schule hier. Twig hat ihn dazu gebracht, das Baumhaus weiterzubauen, und Jas zerrt ihn dauernd weg, um irgendwelche Heimlichkeiten mit ihm zu besprechen (was Flora ziemlich nervt), und Mum hat ihn schon zwei Mal gefragt, ob er zum Abendessen bleibt. Sogar zu Weihnachten hat sie ihn eingeladen.

Es ist mir egal, dass Dodi sagt, Jungs bräuchten viel Zeit und Freiraum. Eben habe ich Jake ein Foto von uns allen, einschließlich Zach, beim Weihnachtsbaumschmücken geschickt. »Schade, dass du nicht auch dabei bist!«, schrieb ich dazu, weil ich das auch wirklich fand. Dann habe ich ihm noch geschrieben, dass ich den Anstecker trage, und mit »Küsse« unterschrieben.

Samstag, 21. Dezember

Dodi fährt dieses Jahr über Weihnachten mit ihren Eltern in den Skiurlaub, aber vorher sind wir heute noch den ganzen Vormittag auf dem Flohmarkt in der Portobello Road gewesen und haben die Stände mit gebrauchten Büchern durchforstet, bis ich genau das

Richtige für Jake gefunden hatte: zwei fast nagelneue *X-Men*-Comics aus den früher 80ern.

»Nicht schlecht«, sagte Zach, als ich sie ihm zeigte. »Was hast du dafür bezahlt?«

Ich sagte es ihm. Als er mich erschrocken ansah, fügte ich hinzu, eigentlich wären sie noch viel teurer gewesen, aber der Verkäufer hätte mir einen guten Preis gemacht, weil eines der Hefte schon ein bisschen eingerissen war. Zach, der ein netter Kerl ist, sagte, das sei wirklich ein tolles Geschenk und Jake würde sich bestimmt freuen.

Flora, die nicht so nett ist, hat mir später dann erzählt, Zach meinte, ich hätte mich übers Ohr hauen lassen. Sie sagte, diese Comics aus den 80ern seien überhaupt nichts wert und das nächste Mal solle ich Zach vorher fragen, der würde sich damit auskennen.

»Nicht zu fassen, Jake schenkt dir einen singenden Weihnachtsanstecker und du gibst so viel Geld für diese *X-Men*-Comics aus«, sagte Flora.

»Es geht doch nicht ums Geld«, sagte ich, und dann schrieb ich Jake eine SMS und erzählte ihm, ich hätte das beste Geschenk aller Zeiten für ihn gekauft.

Er schrieb zurück, »Das sollst du aber nicht, ich habe dir doch nur den Anstecker geschenkt.«

Ich schrieb, »Ich finde den Anstecker aber super«, und er schickte mir einen Smiley.

Da wurde mir innen drin ganz warm.

Mittwoch, 25. Dezember

Weihnachten war richtig schön.

Gestern war der Todestag von Iris. Wir sind wieder in die Kirche gegangen, alle sechs, nicht zum Gottesdienst, nur einfach so, wie ich neulich mit Mum.

»Alles ändert sich«, habe ich Iris in der Kirche erzählt. »Mum und Dad bekommen ein Baby. Twig und Jas werden immer größer, Flora hat einen festen Freund, der praktisch schon bei uns wohnt, und ich gehe mit Jake. Erinnerst du dich noch an Jake, aus der Grundschule? Ich mag ihn ziemlich gern. Flora findet Veränderungen toll, aber ich nicht, jedenfalls nicht so richtig. Ich hatte mich doch gerade erst an die letzte Veränderung gewöhnt, verstehst du? Ich weiß nicht, ob ich so viel Neues schon wieder verkraften kann.«

Dad stand neben mir und betete, jedenfalls hat er seine Lippen bewegt, aber da ich weiß, dass er nicht an Gott glaubt, war klar, dass er auch gerade mit Iris redet. Er bemerkte meinen Blick und streckte die Hand nach mir aus.

»Meinst du, es stört sie, das mit dem Baby?«, fragte er.

»Ich glaube, sie ist traurig, dass sie nicht dabei sein kann, aber ich glaube nicht, dass es sie stört«, antwortete ich.

Dad blinzelte ein paarmal ganz schnell, um zu verbergen, dass er weinte.

»Mach dir keine Sorgen«, flüsterte ich.

»Ich mache mir keine Sorgen«, flüsterte er zurück.

»Klar, ich auch nicht.« Ich grinste, und er grinste zurück.

»Ich sterbe fast vor Angst«, bekannte er.

Zach ist heute nicht gekommen, trotz Mums Einladung. Er wäre gern, aber Zoran sagt, Familie geht vor, und ist mit ihm aufs Land gefahren, um seinen Großvater in der Klinik zu besuchen, und auf dem Rückweg fahren sie noch am Richmond-Hill-Seniorenheim vorbei, um Zorans Großtante Alina zu besuchen.

Flora sagt, Zach würde sehr hoffen, dass seine Mutter zu Weihnachten kommt, aber er hat immer noch nichts von ihr gehört. Morgen sind wir bei Zoran zum Essen eingeladen, aber gestern und heute waren wir ganz unter uns, nur wir sechs. Und wir haben auch überhaupt nichts Besonderes gemacht. Wir sind den halben Tag im Schlafanzug rumgelaufen, haben Geschenke ausgepackt und zum Frühstück Kuchen gegessen und irgendwann einen Spaziergang gemacht, weil Mum uns dazu gezwungen hat. Flora hat das Weihnachtsessen gekocht. Sie sagt, sie muss schon mal üben, für die Zeit, wenn sie zu Hause ausgezogen ist und mit anderen Schauspielern in einer Wohngemeinschaft lebt, in New York oder Los Angeles oder so. Was zur Folge hatte, dass wir alle den Großteil des Nachmittags in der Küche verbrachten, außer Mum (die sich ausruhen musste) und Dad (der an seinem Roman schrieb – für kreative Genies scheinen Feiertage nicht zu gelten), und danach sah es dort noch schlimmer aus, als wenn Mum gekocht hat. Trotz all unserer Mühe war am Ende der Truthahn zäh, das Gemüse nur halb gar und die Kartoffeln komplett verbrannt, weil Flora, die sie eigentlich nur leicht andünsten sollte, plötzlich beschloss, gleichzeitig Dickens' *Weihnachtsgeschichte* im Alleingang aufzuführen. Aber Jas hat den Tisch mit Weihnachts-Haribos dekoriert, Twig elchförmige Rum-Rosinen-Plätzchen gebacken, und ich habe schnell noch eine Bratensoße aus der Packung angerührt, mit der dann alles, wenn auch nicht köstlich, so doch noch ganz lecker schmeckte. Dad hat, wie üblich, zu viel Portwein getrunken und ist dann mit Mum auf dem Sofa eingeschlafen, während wir anderen abräumten.

»Seht mal!« Jas zerrte uns zu ihnen rüber. Mum lag in einer Sofaecke, den Kopf nach hinten gekippt und mit offen stehendem Mund, leise schnarchend und beide Hände auf dem Bauch. Dad lag in der anderen Ecke, den Kopf in die Kissen gedrückt, sehr viel lauter schnarchend und ohne die geringste Ahnung, dass Ron und Hermine, ebenfalls schlafend und schnarchend, sich auf seinem Schoß breitgemacht hatten.

Diese Weihnachten ist absolut nichts passiert, aber Mum hat bekommen, was sie wollte: Es war eines der schönsten Weihnachten, seit Iris gestorben ist.

Die Filmtagebücher der Bluebell Gadsby

6. Szene (Transkript)
Das Essen am 2. Weihnachtstag

INNEN. TAG.

In Zorans Wohnung. Der kleine Tisch am Fenster ist von Stühlen umringt und verschwindet fast unter den Resten des Mittagessens (Schweineragout mit Aprikosen, grünes Gemüse mit Kastanien, Kräuter-Käse-Klöße, Trüffeln). ZORAN, JAS und TWIG hocken im Schneidersitz vor dem Sofatisch auf dem Boden und essen bosnische Kekse, die als ›Bärentatzen‹ bekannt sind, mit Walnüssen und in Zucker gewälzt (ein Geschenk von Alina). MUTTER und ZACH sitzen auf dem Sofa und beobachten FLORA, die vor ihnen steht und versucht, *Fluch der Karibik, Teil 2* pantomimisch darzustellen, während der KAMERAMANN (Blue) sie dabei filmt.
Sie spielen Scharade.
Jas, Twig und der Kameramann haben den Film sofort erkannt, aber Mutter und Zach haben keinen blassen Schimmer.

MUTTER
Harry Potter!

ZACH

Batman!

MUTTER

Dracula! Robin Hood! Les Misérables!

Es klingelt an der Tür. Zoran geht zur Gegensprechanlage, drückt den Summer für die Haustür unten, reißt dann die Wohnungstür auf und bleibt in Habachtstellung stehen, die Keksdose noch in der Hand. Niemand achtet auf ihn. Alle rechnen mit Vater, der das Mittagessen ausgelassen hat, um an seinem Buch zu arbeiten.

ZACH

Fluch der Karibik!

Flora hüpft kreischend auf der Stelle und gestikuliert dabei wild herum.

ZACH

Ich sag doch: *Fluch der Karibik!* Was denn jetzt noch?

FLORA

IHR SEID BEIDE SO WAS VON UNFÄHIG!

MUTTER

Ich weiß, ich weiß! *Fluch der Karibik, Teil zwei!!!!!*

FLORA

NA ENDLICH!

Mutter und Zach liegen sich in den Armen und lachen so sehr, dass ihnen die Tränen kommen. Flora lässt sich neben sie fallen und wiederholt, dass sie beide absolut unfähig sind. Mutter nimmt auch sie in den Arm.

Zoran kommt aus dem Flur ins Zimmer. Allein.

ZORAN

(sehr ernst)

Zach, du hast Besuch.

Zach schaut, immer noch lachend, vom Sofa hoch, wo auch Twig und Jas sich jetzt niedergelassen haben. Eine Frau kommt hinter Zoran ins Zimmer. Groß, blass, mit violetten Rändern unter den dunklen Augen und langen schwarzen Haaren, in einen blassgrauen Kaschmirmantel gehüllt, den sie fest um ihren Körper zieht, als wäre ihr trotz der milden Witterung kalt. Sie sieht aus wie eine Königin aus dem Märchen, oder auch wie eine Hexe. Außerdem kommt sie uns irgendwie bekannt vor.

Mutter, Flora, Jas und Twig, die alle spüren, dass hier etwas nicht stimmt, rücken von Zach ab, der sich jetzt hastig vom Sofa erhebt und vor der Fremden stehen bleibt.

ZACH

Mum!

Mutter bedeutet dem Kameramann, die Kamera abzuschalten.

Das Bild wird schwarz.

Donnerstag, 26. Dezember

Zach starrte sie an, als könne er seinen Augen nicht trauen.

»Überraschung!«, sagte sie, aber es klang nervös.

Zach öffnete den Mund, aber es kam kein Ton heraus. Ihr Gesicht verdüsterte sich. Er machte einen Schritt auf sie zu und streckte seine Hand aus, die jedoch zitterte. Dann ließ er sie wieder fallen, als wüsste er nicht, was er mit ihr anfangen sollte.

Mum stemmte sich vom Sofa hoch, stellte sich neben ihn und nahm seine zitternde Hand in die ihre.

»Wir freuen uns sehr, Sie kennenzulernen«, sagte sie. »Wir mögen Zach alle sehr gern.«

Zachs Mutter ließ den Blick durchs Zimmer schweifen, verweilte kurz bei Jas und Twig auf dem Sofa, dann auf Zoran, Flora und mir, bevor sie ihn wieder auf Zach richtete.

»Möchten Sie sich nicht setzen?«

Zoran deutete aufs Sofa. Twig und Jas sprangen auf. Flora stand ebenfalls auf, stellte sich neben Zach und ergriff seine andere Hand. Seine Mutter setzte sich, immer noch im Mantel.

»Sag doch was, Zach«, flüsterte Flora, aber er brachte immer noch kein Wort heraus.

»Das hier war ein Fehler.« Zachs Mutter war schon wieder aufgesprungen. »Ich muss gehen«, sagte sie und eilte aus dem Zimmer. Zach wurde plötzlich lebendig, rief »Mum!« und rannte ihr nach. Nach kurzem Zögern folgte ihm Zoran.

»Nicht«, sagte Mum, als Flora ihrerseits Anstalten machte, Zoran hinterherzulaufen, und schrie dann plötzlich, »Lass das, Twig, das ist gefährlich!«, weil der sich gerade weit aus dem Fenster lehnte, um auf die Straße hinunterzuschauen.

»Von hier aus kann man alles sehen«, sagte er, und wir beugten uns ebenfalls nach draußen, ohne auf Mum zu achten. Unten vorm Haus wollte Zachs Mutter gerade ins Auto steigen, aber Zach stellte sich ihr in den Weg. Sie stieß ihn beiseite, sprang in den Wagen und fuhr los.

Bis in den vierten Stock herauf hörten wir, wie Zach »Mum!« schrie.

Er rannte ihr nach, aber sie hielt nicht an. Bis zur nächsten Kreuzung lief er hinter ihr her, dann gab er auf.

Flora rannte nach unten, aber Zoran war schon bei ihm. Er zog Zach von der Straße herunter und blieb dann einfach mit ihm stehen, die Arme um ihn gelegt, und Zach weinte, wie ich noch nie einen Jungen habe weinen sehen.

Freitag, 27. Dezember

Flora sagt, sie hätte von Anfang Recht gehabt und Zachs Mutter wäre wirklich eine Hexe. Sie hat Zach heute Morgen besucht und kam direkt zu mir ins Zimmer, als sie zurück war, um mir davon zu erzählen. In dem Moment, als sie hereinkam, wusste ich schon, dass sie richtig schlechte Laune hatte.

»Mir doch egal, ob sie irgendwann mal nett zu ihm war«, sagte sie. »An die See fahren und Tee trinken im Ritz und all so was. Ich finde sie schrecklich, und ich hasse sie.«

»Was ist denn passiert?«

Sie ließ sich auf mein Bett plumpsen und schloss die Augen. »Wir haben uns gestritten«, seufzte sie.

Und das kam so: Als Flora bei Zoran vor der Tür stand, hat der ihr gesagt, Zach sei mit seinem Basketball in den Park gegangen, also ist sie ihm dorthin gefolgt.

»Er war ganz allein auf dem Platz«, sagte sie. »Genau wie damals, als ich das erste Mal mit ihm gesprochen habe.«

Sie sah ihm zu, bis er eine Pause machte, und rief dann seinen Namen. Normalerweise, sagt sie, erhellt sich immer sein ganzes Gesicht, wenn er sie sieht, aber heute sagte er nur, »Ach, du bist es«, und dann hatten sie ihren ersten Streit, gleich dort auf dem Basketballplatz. Flora sagte, »Gibst du mir keinen Kuss zur Begrüßung?«, und Zach sagte, »Warum sollte ich?«, und Flora wusste nicht so recht, was sie darauf antworten sollte, deshalb sagte sie, »Das mit deiner Mutter tut mir echt leid«, und Zach sagte »Tja«, und dann setzten sie sich auf eine Bank und Flora sagte, »Ich verstehe nicht, wie sie so gemein sein kann.« Zach sagte, »Es ist nicht, wie du denkst«, und Flora fragte, »Wie ist es denn dann?«, und schon brüllten sie sich an, wegen Zachs Mutter und weil Flora mit ihrer scheißperfekten Familie sowieso nicht verstehen könnte, wie das für ihn ist.

»Ich habe gesagt, so redest du nicht über meine Familie, und dann haben wir noch ein bisschen rumgeschrien, und dann ist er gegangen.«

»Hat er das wirklich über uns gesagt?«, fragte ich.

Flora sagte, ja, hätte er.

»Aber wir sind doch gar nicht perfekt«, sagte ich. »Wir sind meilenweit davon entfernt.«

»Das war auch noch nicht alles«, sagte Flora. Sie hatte sich auf meinem Bett zusammengerollt und in eine Decke gewickelt, und jetzt erst fiel mir auf, dass sie nicht nur wütend, sondern auch ängstlich wirkte. »Ich glaube, sie war da, Blue«, sagte sie.

»Wer war da?«

»Zachs Mutter. Er ist weggerannt und hat sie nicht gesehen, aber ich schon. Sie stand am Rand des Platzes, weißt du, wo die großen Bäume stehen. Sie muss sich die ganze Zeit über dort versteckt haben.«

»Bist du sicher, dass sie es war?«

»Ihr Gesicht habe ich nicht gesehen«, räumte Flora ein. »Und sie hatte einen Hut auf, aber es war derselbe Mantel, und sie hat uns beobachtet. Das war echt gruselig, Blue.«

»Wir sollten das Mum und Dad erzählen«, sagte ich.

»Was willst du denn da erzählen?«, fragte Flora. »Außerdem rennen die damit bloß zu Zoran, und dann ist Zach noch wütender auf mich.« Und dann hat sie noch mal gesagt, wie sehr sie Zachs bescheuerte Mutter hasst, und ist losgestürmt, um mit Tamsin zu reden.

Zoran hat gestern mit Mr Rudowski telefoniert und ihm erzählt, was passiert ist, und ihn auch gefragt, ob er vielleicht eine Erklärung für das Verhalten von Zachs Mutter hat, aber Mr Rudowski hat sich so furchtbar aufgeregt, dass eine der Krankenschwestern ihm den Hörer weggenommen hat und zu Zoran gesagt hat, er soll ihn in Ruhe lassen. Ich habe gehört, wie Zoran es Mum heute Abend erzählt hat, als er vorbeikam, um ihr die Handtasche zu bringen, die sie bei ihm vergessen hatte. Er hat auch schon mit Alina über die Sache gesprochen. Alina hat gesagt, sie wüsste auch nichts Genaueres, aber Wanda (Zachs Mutter) sei schon immer *problematisch* gewesen, wie sie es nannte, und hätte eine lange Vorgeschichte, was *psychische Erkrankungen* anging.

Zoran will mit Zach ein paar Tage wegfahren. Alina hat einen Freund, dem ein Häuschen an der Küste gehört, in der Nähe von

Brighton, und der es an Zoran vermieten würde. »Ein bisschen Abstand wird uns beiden guttun«, sagte Zoran.

Flora sagt, weg mit Schaden, sie wolle Zach sowieso nie mehr wiedersehen, aber ich weiß, dass sie das nicht so meint, weil sie ständig auf ihr Handy guckt, ob er sich gemeldet hat. Und Jas ist auch völlig aufgelöst. Eben war sie bei mir im Zimmer und hat mich gefragt, ob ich wüsste, wann Zach zurückkommt.

Ich habe gesagt, ich hätte keine Ahnung, und sie ist ganz enttäuscht wieder abgezogen.

Samstag, 28. Dezember

Heute ist Grandma angekommen, auf dem Rückweg von Arizona nach Devon. Dad hat sie vom Flughafen abgeholt, und sie bleibt jetzt eine Woche lang bei uns, während er mit Mum für ein paar Tage Romantikurlaub nach Paris verschwindet.

Grandmas Besuch hat alle ein bisschen aufgemuntert. Sie ist fast noch herrischer als Flora und kann einem furchtbar auf die Nerven gehen, aber dafür ist es fast unmöglich, in ihrer Nähe unglücklich zu sein, unter anderem deshalb, weil sie einer der lautesten Menschen ist, die ich kenne. Heute Morgen um sechs ist sie gelandet und um halb acht stand sie schon bei uns in der Küche und tischte uns ein Riesenfrühstück auf, mit Eiern und Speck und einem ganzen Berg Pfannkuchen.

»AMERIKANISCHES FRÜHSTÜCK!«, bellte sie, während sie alles mit reichlich Ahornsirup übergoss. »EINFACH FANTASTISCH! DANACH IST MAN DEN GANZEN TAG SATT!«

Grandma hat ihre eigene Meinung zu dem Baby. »IN DEINEM

ALTER?«, hat sie gebrüllt, als sie es ihr erzählt haben. »BIST DU VERRÜCKT?«

»Ich bin doch erst zweiundvierzig«, sagte Mum, aber Grandma schnaubte und sagte, mit zweiundvierzig solle man allmählich Vernunft angenommen haben, aber manche Leute seien wohl nicht zu bremsen. Ich sah, dass Mum am liebsten aus der Küche gestürmt wäre, sich dann aber doch nicht dazu durchringen konnte, weil alles so lecker schmeckt, wenn es in Ahornsirup schwimmt.

»Und wie habt ihr anderen die Neuigkeit so aufgenommen?«, fragte Grandma etwas leiser, als ich später bei ihr im Gästezimmer saß und ihr beim Auspacken zusah.

»Zuerst war es ein ziemlicher Schock.« Ich erwähnte Iris lieber nicht, und auch nicht, dass Dad solche Angst hat. Grandma kann sehr verständnisvoll sein, und sie ist mir einer der liebsten Menschen auf der Welt, aber wenn ihr irgendetwas nicht gefällt, muss man aufpassen, was man sagt. »Inzwischen freuen wir uns aber alle total«, fuhr ich fort. »Dad redet ständig mit Mums Bauch und sagt ihm, dass er ihn lieb hat, Twig ist ganz sicher, dass er einen Bruder bekommt, und Flora will so tun, als wären sie und ihr Freund Zach die Eltern, oder jedenfalls wollte sie das, bevor sie sich gestritten haben.«

Dann wurde ich davon abgelenkt, dass Grandma ein ziemlich mitgenommenes Exemplar von *Jane Eyre* aus dem Koffer zog und mir einfiel, dass ich die ersten drei Kapitel eigentlich über die Ferien lesen sollte, aber bei all der Aufregung über das Baby und Zach hatte ich das völlig vergessen. Nicht zum ersten Mal kam mir der Gedanke, dass Grandma irgendwie magische Kräfte haben muss, weil sie oft genau dann mit irgendwelchen Sachen ankommt, wenn man sie gerade braucht.

»Ah, der Freund von Flora«, sagte Grandma. »Dein Vater hat mir von ihm erzählt. Und du? Bist du auch schon verliebt?«

Grandma anzulügen, hat überhaupt keinen Zweck.

»Ob ich verliebt bin, weiß ich nicht«, erzählte ich ihr. »Aber ich gehe gerade mit meinem alten Freund Jake.«

Grandma sagte, »Tja, dann hoffe ich nur, dass du ihn schön fest an der Kandare hast.«

Ich habe gesagt, ich wüsste nicht so richtig, was das bedeutet, und Grandma sagte, das würde zum einen bedeuten, dass Jake hoffentlich nett zu mir ist, zum anderen aber auch, dass ich mir das hoffentlich nicht gefallen lasse, sollte er es nicht sein. »Ich kenne dich doch, meine kleine Bluebell«, sagte sie. »Du bist viel zu nachgiebig.«

Ich griff nach meinem Weihnachtsanstecker. »Er ist sehr nett zu mir«, sagte ich.

Grandma sah mich scharf an.

»Ehrlich«, beharrte ich. »Ist er.«

Ich wollte ihr nicht sagen, dass ich nichts mehr von Jake gehört habe, seit er mir noch vor Weihnachten dieses Smiley geschickt hat. Ich fürchtete, dass sie das bestimmt nicht so toll fände, und gleichzeitig dachte ich, dass sein Verhalten vielleicht ganz normal war. Nur weil Flora und Zach wie siamesische Zwillinge aneinanderkleben (oder jedenfalls *-klebten*), muss das ja nicht bei allen so sein. Und außerdem, was kann man in einer SMS schon groß sagen?

Grandma sah mich immer noch an.

»Manche Dinge sind in Ordnung und manche eben nicht«, sagte sie. »Das vergessen die Leute nur allzu gern.« Und dann wechselte sie das Thema und fragte, ob ich Lust hätte, ihr *Jane Eyre* vorzulesen, während sie fertig auspackte.

Ich habe dann noch den ganzen Tag weitergelesen. »Es ist viel besser, als ich dachte«, erzählte ich Grandma beim Abendessen, und sie lächelte und meinte, es sei doch schön, wenn das Leben auch mal positive Überraschungen bereithielte.

Sonntag, 29. Dezember

Flora wird langsam kribbelig wegen Silvester, und weil sie immer noch nichts von Zach gehört hat. Eigentlich wollte sie mit ihm zum Trafalgar Square gehen, um sich das Feuerwerk anzusehen, und jetzt weiß sie nicht, was sie machen soll.

»Kannst du nicht einfach mit Tamsin hingehen?«, fragte ich, und sie sagte, das sei nicht das Problem. Sie rief Zoran an, um zu fragen, wann die beiden zurückkommen würden, und er sagte, das wüsste er nicht. Dann fragte sie ihn, warum Zach auf keine ihrer SMS antworten würde, und er sagte, das wüsste er auch nicht, aber sie sollte ihm Zeit lassen.

»Wie viel Zeit braucht er denn noch?«, jammerte Flora nach dem Gespräch mit Zoran. »Ich habe schon tausend Mal gesagt, dass es mir leidtut, während er sich noch kein einziges Mal bei mir entschuldigt hat. Dass er Stress mit seiner verrückten Mutter hat, ist doch kein Grund, nicht mit mir zu reden, oder?«

Grandma sagt, Jungs fänden es oft schwierig, über mehr als eine Sache gleichzeitig nachzudenken.

»Hoffentlich bleibt er nicht so lange weg«, sagte Twig. »Sonst kriegen wir das Baumhaus nie fertig.«

»Ich muss ganz, ganz dringend mit ihm sprechen«, flüsterte Jas. »Kann ich seine Handynummer haben?«

Flora brüllte, »Herrgottnochmal, kein Wunder, dass er nichts mehr mit mir zu tun haben will!«, und man sah, dass sie gleich anfangen würde zu weinen, weil ihre Nase ganz fleckig wurde. »So, wie ihr euch aufführt«, schrie sie, »habt *ihr* ihn wahrscheinlich vergrault!« Und dann rannte sie nach oben, und tatsächlich war sie noch nicht auf dem Treppenabsatz angekommen, als sie auch schon in laute Schluchzer ausbrach.

Das war heute Morgen. Dann rief Dodi an, um sich zurückzumelden und zu fragen, was ich zu Silvester vorhatte.

»Machst du was mit Jake?«, fragte sie. »Sollen wir alle zusammen was unternehmen?«

Ich sagte, Jake wäre doch noch bei seiner Oma, und Dodi sagte, »Nein, der ist wieder hier.« Und dann wurde ihre Stimme ein bisschen komisch und sie sagte, »Hast du das gar nicht gewusst?«, und obwohl wir am Telefon waren, bin ich rot geworden und habe gesagt, nein, hätte ich nicht, aber das wäre ja auch egal.

»Er ist schon seit dem zweiten Feiertag zurück«, sagte Dodi. »Ich habe gestern Abend mit Colin gesprochen. Ist ja unglaublich, dass er sich noch nicht bei dir gemeldet hat.«

»So sind wir nun mal nicht«, sagte ich, aber im Grunde fand ich es auch unglaublich.

»Du bist seine *Freundin*«, sagte Dodi. »Du rufst ihn jetzt *sofort* an und sagst ihm, dass du dir das nicht bieten lässt. Oder warte mal, das klingt dann vielleicht ein bisschen bedürftig. *Ich* rufe ihn an.«

Ich hielt den Hörer von meinem Ohr weg und starrte ihn an. Dodi redete immer weiter. Ich glaube, sie hat gar nicht bemerkt, dass ich nicht mehr zuhöre.

»Eigentlich wollte ich ja von Anfang nicht so richtig mit Jake gehen«, warf ich irgendwann ein.

»Warum hast du's dann gemacht?«, fragte sie.

»Weil du es gesagt hast. Du sagst mir ständig, was ich tun soll.«

»Weil du nie was allein entscheiden kannst.«

Ich legte auf. Sie rief sofort wieder an, aber ich ging nicht dran.

Ich finde es schon ziemlich erstaunlich, dass Flora und ich jetzt beide einen Freund haben, der uns ignoriert, aber Zach hat wenigstens seine übergeschnappte Mutter als Entschuldigung. Jake ist einfach nur rücksichtslos.

Ich habe heute noch ganz viel in *Jane Eyre* gelesen und bin zu folgendem Schluss gekommen: Wenn Jane Eyre, die echt ein Mauerblümchen war, dem reichen und mächtigen Mr Rochester die Stirn bieten konnte, noch dazu in einer Zeit, wo Frauen unterwürfig zu sein hatten und sich nie beklagen durften, dann kann ich ja wohl auch Jake die Stirn bieten und ihn fragen, was eigentlich los ist.

Die Geschichte von Bluebell und Jake

Herzschmerz und Milchshakes

AUSSEN. TAG, UNGEFÄHR DREI UHR NACHMITTAGS.

BLUE, sorgfältig gekleidet in eine enge, schwarze Jeans (ihre eigene), einen silberfarbenen Paillettenpullover (vor langer Zeit von Dodi geliehen und jetzt auf ihre Anordnung hin angezogen) und einen Dufflecoat, dazu ihr Weihnachtsanstecker und eine von Floras Mützen, wartet an der Bushaltestelle vor Jakes Haus darauf, dass er rauskommt.
Die Haustür öffnet sich. JAKE tritt heraus. Blue fällt in einen leichten Trab und holt ihn ein.

BLUE
(souverän, obwohl sie innerlich bebt)
Hast du Zeit für einen Kaffee?

JAKE
(mit entsetzter Miene)
Äh.

BLUE
(weiterhin eine Stärke heuchelnd,
die sie gar nicht empfindet)
Super. Dann gehen wir ins *Home Sweet Home*.

Schnitt ins Innere des *Home Sweet Home*. Blue und Jake sitzen an einem Tisch am Fenster. Sie (kultiviert, wie sie ist) trinkt einen Cappuccino. Er hat einen Schoko-Milchshake bestellt.

BLUE

(reicht ihm ein in Geschenkpapier gewickeltes Paket)

Hier, dein Weihnachtsgeschenk. Ich habe ewig danach gesucht. Ich hoffe, es gefällt dir.

JAKE

(ohne sie anzusehen und so undeutlich nuschelnd, dass er kaum zu verstehen ist)

Ich kann nicht mehr mit dir gehen.

BLUE

(die unbeirrt weiterredet)

Ich habe die Comics für dich gekauft, weil du die *X-Men*-Filme doch so gut findest, und außerdem haben sie mich an unseren Kinoabend erinnert. Du weißt schon, der mit Tom und Colin.

JAKE

(wie oben)

Bei der Hochzeit meiner Tante in Australien habe ich Tallulah kennengelernt, die beste Freundin meiner Cousine, und mich in sie verliebt. Ich hatte deinetwegen ein furchtbar schlechtes Gewissen, deshalb habe ich versucht, sie zu vergessen und mit dir zusammen zu sein, aber dann habe ich gehört, dass sie in den Weihnachtsferien hier ist. Das waren die australischen Freunde, die uns vor Weihnachten besucht haben. Danach sind sie zu meiner Oma gefahren. Deshalb bin ich dann auch früher losgefahren, damit ich sie dort noch mal sehen kann. Jetzt ist sie wieder in Australien, aber ich bin immer noch in sie verliebt, und ich will dich nicht länger belügen. Es tut mir leid.

BLUE

(mit zitternder Stimme)

Ich find's unglaublich, dass du mir das erst jetzt erzählst.

JAKE

(s.o.)

Ich wollte das alles nicht. Aber gleich nach unserer Ankunft in Melbourne sind wir zum Strand gefahren, um uns die Pinguine anzusehen, und da habe ich Tallulah kennengelernt. Seitdem bin ich völlig durcheinander.

BLUE

Ich mag Pinguine total gern.

JAKE

Tallulah auch.

BLUE

Ich glaube, ich gehe dann mal lieber.

(Sie zögert.)

Das Geschenk kannst du behalten.

Sie steht langsam auf und geht weg, am Boden zerstört und gedemütigt. An der Tür dreht sie sich ein letztes Mal um, mit Tränen in den Augen. Jake telefoniert schon wieder mit seinem Handy. Blue, die sich wie im Film vorkommt, kehrt mit großen Schritten quer durchs Café an seinen Tisch zurück.

BLUE

Telefonierst du gerade mit ihr?

JAKE

Was? Nein! Natürlich nicht,
in Australien ist es mitten in der Nacht!

Vorsichtig nimmt Blue die Comics wieder an sich. Sie löst den Anstecker von ihrem Mantel und legt ihn an die Stelle, wo die Comics gelegen haben. Dann greift sie nach Jakes Milchshake und leert ihn über seinem Kopf aus.

Montag, 30. Dezember

Ich vergaß, dass ich eigentlich auf Dodi sauer war. Ich rief sie sofort an und erzählte ihr, was passiert war.

»Den ganzen Milchshake?«, wiederholte Dodi. »Über den Kopf? Ich bin ja so stolz auf dich!«

Ich habe sie noch nie so herzhaft lachen hören.

Ich glaube, das war das Ungeheuerlichste, was ich je getan habe. Um genau zu sein, war es vielleicht sogar das *einzig* Ungeheuerliche, was ich je getan habe, und es fühlte sich einfach super an. Ich bin fast den ganzen Weg nach Hause gerannt. Es regnete in Strömen, und ich hatte keinen Schirm, aber das war mir egal. Es hätte Golfbälle hageln können, ohne dass ich es bemerkt hätte.

Als ich immer nasser und kälter wurde, änderte sich meine Stimmung. Ich kam an dem Friedhof vorbei, wo Jas die Kätzchen gefunden hat, und ging hinein. Ich fand das Grab von Violet Buttercream, und es stimmt, dass man dort sehr schön sitzen kann. »Eigentlich müsste ich jetzt weinen«, sagte ich mir. Der Regen wurde immer stärker und das Licht trüber. Inzwischen war ich völlig durchgefroren. Ich dachte ganz intensiv daran, dass mein Herz jetzt in tausend Stücke zerbrochen war, aber es kamen trotzdem keine Tränen, weil ich eigentlich eher wütend als traurig war.

Ich hatte so viel Zeit damit vergeudet, an Jake zu denken, während er überhaupt nicht an mich gedacht hatte. Dabei sind wir früher doch *Freunde* gewesen. Er hätte mich nicht belügen dürfen.

Als ich reinkam, saß Jas am Küchentisch und machte Hausaufgaben. Ich setzte Teewasser auf, ließ mich aufs Sofa sinken und seufzte.

Wenn ein richtiger Film über mein Leben gedreht würde, wäre

das der Moment, wo die schmalzige Musik einsetzt, mit einer Nahaufnahme von mir, wie ich trübselig aus dem Fenster schaue und mich tapfer zusammenreiße. Der Moment, in dem alles anders wird. Ein *wichtiger* Moment.

Jas sah nicht mal von ihren Büchern auf.

»Jake und ich haben uns getrennt«, sagte ich zu ihr.

Jas seufzte, raffte ihre Unterlagen zusammen und stampfte nach oben.

Ich folgte ihr. Auf dem Treppenabsatz vor unseren Zimmern hielt Grandma Twig gerade einen Vortrag über die Regeln des Fußballspielens in Innenräumen.

»Und der Ball sollte *nicht* matschig sein«, schimpfte sie.

»Aber ich mag Matsch«, gab Twig zurück.

»Ich habe mich von Jake getrennt«, sagte ich, aber keiner von ihnen reagierte darauf, weil Flora mir in diesem Moment wie üblich die Show stahl und unten anfing, in ihr Handy zu brüllen.

»Mein Abschluss ist mir so was von egal!«, schrie sie. »Ich will Schauspielerin werden und dieses Leben so schnell wie möglich hinter mir lassen!«

Neugierig schlichen wir uns nach unten. Flora stand im Flur, tropfnass, weil auch sie keinen Schirm dabeigehabt hatte, und stritt sich am Telefon mit Mum. Offenbar hatte sie gerade erfahren, dass sie die Rolle bekommt, für die sie vor ein paar Wochen vorgesprochen hat, aber Mum will das nicht erlauben, weil die Premiere mitten in Floras Prüfungszeit liegt.

»TJA, ICH BIN AUCH NICHT GERADE BEGEISTERT DAVON, DASS DU EIN BABY BEKOMMST!«, brüllte Flora gerade, woraufhin Grandma ihr das Handy aus der Hand nahm.

»ICH KÜMMERE MICH UM DIESES ENDE DER LEITUNG,

CASSIE!« Am Telefon redet Grandma sogar noch lauter als sonst. »DU MUSST JETZT VOR ALLEM RUHIG BLEIBEN.«

Nachdem sie aufgelegt hatte, hielt uns Grandma erst mal eine Standpauke. Angesichts von Mums Zustand, sagt Grandma, müssten wir uns absolut mustergültig benehmen. »Das bedeutet: KEIN GEBRÜLL«, sagte sie. »Kein Matsch, kein Gestampfe, kein Gejammer über Jungs.«

»Ich jammere gar nicht«, sagte ich. »Wenn mir mal ausnahmsweise jemand zuhören würde …«

»Und kein Dazwischenreden«, schloss Grandma, und dann schickte sie uns weg, um sich in Ruhe zu überlegen, was sie mit uns anstellen soll, denn offensichtlich bräuchten wir ja alle ein bisschen Ablenkung.

Als alle anderen schon im Bett lagen, bin ich noch mal zu ihr ins Zimmer gegangen und habe ihr von Jake und dem Milchshake erzählt. Sie hat fast genauso reagiert wie Dodi. Sie meinte, das sei das Lustigste, was sie seit langem gehört hätte, und sie sei sehr stolz auf mich. Dann sagte sie, Jake sei eine falsche Schlange, eine Ratte und ein Schuft, und fragte, ob mich die Sache denn sehr mitnehmen würde.

Ich überlegte mir die Antwort sehr genau. »Mitnehmen tut es mich schon«, sagte ich. »Aber nicht so sehr, wie es eigentlich müsste. In erster Linie komme ich mir einfach dämlich vor.«

Grandma sagte, Jake sei der Dämliche von uns beiden, weil er jemand anderen ihrer Enkeltochter vorziehen würde, und dann fing sie wieder an zu kichern und sagte, da hätte sie gern Mäuschen gespielt, als ich ihm im *Home Sweet Home* den Milchshake über den Kopf gekippt habe. Eben gerade habe ich gehört, wie sie ins Badezimmer gegangen ist, und sie hat immer noch gelacht.

Mit jemandem zu gehen, bloß weil er einem irgendwie leidtut, ist eine *total blöde Idee*. Nächstes Jahr wird alles anders, habe ich beschlossen. Nächstes Jahr mache ich nur noch Sachen, die ich wirklich will.

Dienstag, 31. Dezember

Das Ergebnis von Grandmas Überlegungen war BEWEGUNG AN DER FRISCHEN LUFT, und so hat sie uns heute alle zum Reitstall von Jas gebracht, wo wir eine Reitstunde nehmen sollten.

Als wir kamen, kauerte Gloria vor dem Gasofen in der Sattelkammer, einen Stapel Papiere und einen Taschenrechner auf den Knien.

»Rechnungen«, flüsterte Flora. »Unbezahlte.«

Gloria seufzte, als sie uns sah, und erklärte uns, wenn wir gut genug wären, würde sie mit uns einen Ausritt durch den Park machen, aber heute müssten wir erst mal den Test dafür bestehen, und als Erstes sollten wir schon mal die Pferde satteln. Sie zeigte uns unsere Ponys, aber dann klingelte das Telefon und sie lief zurück in die Sattelkammer, und wir standen da, die Sättel im Arm und ohne einen blassen Schimmer, wo vorne und hinten ist, während uns das Wasser in den Kragen lief, weil es natürlich immer noch regnete.

»Ihr habt gehört, was sie gesagt hat«, meinte Grandma. »Also legt mal los.«

»Ich weiß doch gar nicht, wie das geht«, sagte Twig.

»Deshalb bist du ja hier«, sagte Grandma.

»Ich weiß, wie's geht«, sagte Jas.

»Dieser Reitstall ist ja echt furchtbar«, verkündete Flora.

»Dieser Reitstall ist ein städtisches Sozialprojekt«, korrigierte sie Grandma. »Um bedürftigen Kindern zu helfen.«

»Sind wir bedürftige Kinder?«, fragte Twig.

»Ich schon«, murrte Flora leise. »Ich bedarf trockener Kleidung, eines Freundes, der mich zurückruft, und einer Großmutter, die nicht verrückt ist.«

Was das Reiten anging, waren wir allesamt absolut unfähig, bis auf Jas. Den einzigen Reitunterricht bisher hatten wir von Grandma erhalten, deren Anweisungen sich im Wesentlichen darauf beschränkten, wir sollten SCHNELLER REITEN UND NICHT RUNTERFALLEN, aber Gloria hat da einen anderen Ansatz. Sie ließ uns alle möglichen Übungen machen, Achten reiten und Handwechsel und lauter solche Sachen, die keiner von uns kapierte, erst im Schritt, dann im Trab, bis uns die Beine wehtaten und wir einen Knoten im Hirn hatten.

»Das war wirklich faszinierend«, sagte Grandma am Ende.

»Ich kann leider nicht wiederkommen«, sagte Flora mit fester Stimme zu Gloria. »Ich mache im Sommer meinen Abschluss und muss ziemlich viel lernen.«

Twig, der öfter als alle anderen runtergefallen war, sagte, er müsste sich jetzt aufs Fußballspielen konzentrieren, er wäre gerade erst in die Mannschaft gekommen. Ich wollte eigentlich auch sagen, dass ich nicht weitermache, und zwar weil ich zu dem Schluss gekommen bin, dass ich Pferde eigentlich überhaupt nicht mag, aber ich wollte Grandma nicht enttäuschen, und außerdem musste ich an den Taschenrechner und die Rechnungen denken und an Glorias Seufzer, als wir heute kamen. Also sagte ich stattdessen, ich würde sehr gern nächstes Wochenende wiederkommen, zusammen mit Jas, und bei ihrer Reitstunde mitmachen.

Auf dem Heimweg schaute Flora ständig auf ihr Handy, aber es gab immer noch keine Nachricht von Zach.

»Meinst du, ihm ist was passiert?«, fragte Jas.

»Vielleicht ist er unter einen Zug geraten.« Twig saß an meinem Laptop und studierte die Fahrpläne im Internet. Ich weiß ganz genau, dass er Züge todlangweilig findet, aber Maisie hat ihn gefragt, ob er am Montag nach der Schule noch mal auf ihren kleinen Bruder aufpasst, und jetzt will Twig ihn unbedingt mit seinen umfangreichen Kenntnissen beeindrucken. Dodi, die Twigs Liebesleben wahnsinnig spannend findet, hat gesagt, ihm wäre hoffentlich klar, dass Maisie ihn nur ausnutzt, aber Twig behauptet steif und fest, so wäre sie nicht.

»Vielleicht hat er auf einer Eisenbahnbrücke gestanden«, fuhr Twig fort, »und es hat geregnet, und dann hat er sich ein bisschen zu weit vorgebeugt und ist unter den Zug um 16.23 Uhr von Paddington geraten.«

»Wäre das möglich?«, fragte Jas entsetzt.

»Ich halte das für ziemlich unwahrscheinlich«, sagte ich. »Außerdem hätte Zoran uns dann bestimmt schon Bescheid gesagt.«

»WÜRDET IHR BITTE AUFHÖREN, ÜBER MEINEN FREUND ZU REDEN, ALS WÄRE ER TOT?«, brüllte Flora.

»Es geraten ständig Leute untern Zug«, sagte Twig.

Jas meinte, sie fände Twigs neues Hobby grauenvoll und Maisie Carter wäre nicht mal hübsch. Twig sagte, wäre sie wohl. Jas sagte, wäre sie nicht. Twig sagte, das ginge sie außerdem überhaupt nichts an. Jas sagte, das ginge sie wohl was an, schließlich würde er ihr damit ständig auf die Nerven gehen. Flora sagte, wenn sie nicht sofort still wären, würde sie sie alle beide vor den nächsten Zug schubsen.

Mittwoch, 1. Januar: Neujahr

Es ist halb eins und ein nagelneues Jahr hat begonnen.

Flora ist am Ende doch noch mit Tamsin losgezogen. Sie sind in die Stadt gefahren, um sich das Feuerwerk anzusehen. Dodi ist hier und übernachtet bei mir. Sie hat erzählt, dass Colin sie zu der alljährlichen Silvesterparty seiner Eltern eingeladen hat, aber sie ist nicht hingegangen, weil sie wusste, dass Jake auch kommen würde. Grandma hat chinesisches Essen bestellt und einen dreischichtigen Red-Velvet-Kuchen mit Frischkäse und Vanille-Ingwer-Glasur gebacken, und den haben wir dann beim Countdown vorm Fernseher komplett aufgegessen, während Jas versucht hat, den Katzen beizubringen, auf meinem alten Skateboard zu fahren. Die Liste der Dinge, die Jas den Katzen beibringen will, wird jeden Tag länger. Bisher nicht gelernt haben sie: zu kommen, wenn man sie ruft, ihr Geschäft nur im Katzenklo zu verrichten, nicht die Gardinen hochzuklettern und auf Kommando Sitz zu machen.

»Die Ratten konnte man viel besser dressieren«, beschwerte sich Jas. »Die haben fast alles gemacht, was ich wollte.«

Ich persönlich fand Skateboardfahren auch ein bisschen viel verlangt, aber Twig hat das Problem auf seine Weise gelöst, indem er Hermine einfach auf das Brett legte, während sie schlief, und sie dann mit einem Schubs quer durchs Zimmer beförderte, bevor sie aufwachen konnte. Natürlich war sie nach einer halben Sekunde wach und ist dann so schnell vom Brett herunter und unters Sofa geflitzt, dass man sie nur verschwommen sah, aber es war trotzdem lustig. Jas meinte zwar, das wäre überhaupt keine richtige Dressur, aber gelacht hat sie trotzdem.

Freitag, 3. Januar

Gestern Abend sind Mum und Dad nach Hause gekommen. Dad hat heute früh Grandma zum Bahnhof gebracht, aber ihre Abreise wurde von dem, was Flora dann passiert ist, völlig in den Schatten gestellt.

Nachdem Grandma weg war, haben sich Mum und Flora noch mal hingelegt, so dass nur Jas, Twig und ich wach waren, als die Post kam. Es war ein Brief für Flora dabei, der in einem leuchtend grünen Umschlag mit Glasgower Poststempel steckte, und wir haben ihn uns ganz genau angeschaut, weil es nur selten vorkommt, dass einer von uns richtige Post erhält. Als Flora dann endlich aufgestanden war, drängten wir uns am Treppengeländer und sahen zu, wie sie ihn unten vom Flurtisch nahm.

»Vielleicht ist er von Zach«, flüsterte Jas.

»Der Brief ist aus *Schottland*«, sagte Twig.

»Schsch!«, machte ich. Unter uns hatte Flora jetzt den Umschlag geöffnet und blieb stocksteif stehen, während sie ihn las. Als sie fertig war, lehnte sie sich an die Wand und starrte ins Leere. Dann las sie den Brief noch mal.

»Vielleicht ist er ja doch von Zach?«, beharrte Jas.

»Glaubst du wirklich, Zach würde ihr einen Brief in einem leuchtend grünen Umschlag schicken?«, fragte ich.

»Vielleicht konnte er keinen anderen finden«, gab sie zurück. »Oder das ist seine Lieblingsfarbe.«

»Mum! *Mum!* MUM!«, brüllte Flora.

»Die schläft noch«, rief ich so leise wie möglich zu ihr hinunter.

Flora stürmte an mir vorbei ins Schlafzimmer. »Hier, lies das!«, rief sie und hielt Mum den Briefbogen, der ebenfalls leuchtend grün war, unter die Nase.

»Flora, ich *schlafe* noch«, stöhnte Mum.

»Dann hör zu!« Flora fuchtelte so lange mit dem Bogen herum, bis sie unsere volle Aufmerksamkeit hatte, und begann dann zu lesen.

Liebe Miss Gadsby,
Ihr Vorsprechen neulich hat uns sehr beeindruckt. Die Rolle war durchaus anspruchsvoll, aber Sie hätten sie sicher gut bewältigt. Umso bedauerlicher, dass die Produktion sich mit Ihren Abschlussprüfungen überschneidet, auch wenn schulische Belange selbstverständlich Vorrang haben …

»Habe ich dir doch gesagt«, murmelte Mum, aber Flora hörte gar nicht hin.

Wie Sie vielleicht wissen, habe ich vor drei Jahren eine Schauspielschule für junge Talente wie Sie ins Leben gerufen. Die Grundkurse finden jeweils von September bis Juni statt, und ich möchte Ihnen hiermit einen Platz für das nächste Jahr anbieten. Da die Zahl dieser Plätze begrenzt ist, würde ich Sie bitten, mir baldmöglichst mitzuteilen, ob Sie interessiert sind. Alle wichtigen Informationen, was Termine, Unterbringung und Gebühren angeht, finden Sie in der beiliegenden Broschüre.

Mit freundlichen Grüßen
Thomasina Foulkes-Watson

Am Ende des Briefs brüllte Flora noch lauter als Grandma.

»Wer«, krächzte Mum, »ist Thomasina Foulkes-Watson?«

»Thomasina Foulkes-Watson«, verkündete Flora, »ist die vermutlich einflussreichste Talentsucherin, Castingberaterin und Theaterproduzentin in ganz England. Ihre Schauspielschule ist etwas ganz Besonderes. Man kommt überhaupt nur auf Einladung hinein, und nur die besten Schauspieler unterrichten dort. Das ist ungefähr so, als bekäme man einen Studienplatz in … Oxford oder Cambridge oder Harvard oder so angeboten.«

»Aber du gehst doch ans King's College.« Mum war jetzt vollständig wach. »Du kannst im Oktober anfangen und wirst Englisch und Theaterwissenschaften studieren.«

Flora schaute noch mal auf den Brief hinunter, bevor sie antwortete. Sie faltete ihn sorgfältig zusammen, schob ihn in den Umschlag zurück und sagte dann ganz leise, »Nein, das werde ich nicht tun.«

Sie und Mum starrten sich eine Ewigkeit lang an.

»Nein«, sagte Mum schließlich. Sie legte beide Hände auf ihren Bauch, als wollte sie auch das Baby nach seiner Meinung fragen, dann streckte sie eine davon nach Flora aus. »Nein«, wiederholte sie. »Ich merke auch gerade, dass du das nicht tun wirst.«

Zusammen mit Twig und Jas schlich ich mich runter in die Küche. Twig hatte schon länger nichts mehr gebacken, aber ich fand eine Packung Schokokekse im Schrank. Wir quetschten uns aufs Sofa und aßen.

»Das ist alles ganz schön aufregend«, sagte ich.

»Wohnt sie dann auch in Schottland?«, fragte Jas.

»Ich kann mir unser Haus ohne Flora gar nicht vorstellen«, sagte Twig, und wir schwiegen eine Weile und versuchten ohne Erfolg, uns das auszumalen.

Hier habe ich dann meinen Eintrag unterbrochen und bin rausgegangen, weil ich dachte, ich würde Flora in ihrem Zimmer weinen hören, und so war es auch. Sie lag im Bett, komplett angezogen, die Decke überm Kopf und das Gesicht in ihr Kissen gepresst. Ich überlegte, ob ich ihr übers Haar streichen sollte, aber bei Flora weiß man nie so genau, wie sie auf so was reagiert, deshalb setzte ich mich einfach nur neben sie.

»Freust du dich denn gar nicht?«, fragte ich.

»Doch!«, schniefte sie.

»Das hört man«, sagte ich. Sie steckte den Kopf unter der Decke hervor. Ihr Gesicht war ganz aufgedunsen, die Tränen hatten kleine Salzstreifen auf ihren Wangen hinterlassen und ihre Wimperntusche war zerlaufen.

»Und man sieht es auch«, sagte ich. Flora schniefte noch lauter.

»Klar freue ich mich«, sagte sie, und dann fing ihre Unterlippe wieder an zu zittern und große, dicke Tränen kullerten ihr übers Gesicht. Ich musste mich ganz dicht über sie beugen, um zu verstehen, was sie sagte.

»Es ist nur wegen Zach«, stieß sie schließlich zwischen zwei Schluchzern hervor. »Wenn ich nach Schottland gehe, ist es definitiv aus zwischen uns.«

»Nicht unbedingt«, sagte ich. Ich hielt es nicht für den richtigen Zeitpunkt, sie über männliche Unbeständigkeit zu informieren, schon gar nicht angesichts der Tatsache, dass sich Zach zurzeit extrem unkommunikativ verhielt. »Es gibt jede Menge erfolgreiche Fernbeziehungen«, behauptete ich.

»Nenn mir *eine*«, jammerte Flora. Ich sagte, na ja, denk doch nur an all die Männer, die im Ersten Weltkrieg waren und vier Jahre in den Schützengräben verbracht haben, während ihre Frauen zu

Hause treu auf sie warteten. Flora sagte, das fände sie jetzt nicht gerade tröstlich, schließlich wären viele dieser Männer gestorben, und was denn aus ihr werden sollte, wenn Zach tatsächlich unter einen Zug geriet, und ob ich das für möglich hielte?

»Möglich ist das«, sagte ich. »Aber, wie ich neulich schon sagte, sehr unwahrscheinlich.«

»Geh nicht weg«, schniefte sie. Sie rutschte an die Bettkante und ich legte mich neben sie.

»Jungs sind echt bescheuert«, flüsterte ich.

»Ich weiß«, flüsterte sie zurück. »Aber ich liebe ihn nun mal so sehr. Stimmt es, dass du Jake einen Milchshake über den Kopf gekippt hast?«

»Woher weißt du das?«

»Von Tamsins Mutter. Und die weiß es von einer Freundin von Jakes Mutter. Ich wollte dich schon längst fragen, aber du weißt ja …« Sie schenkte mir ein tränenfeuchtes Lächeln. »Ziemlich cool, Schwesterherz«, sagte sie. Und dann fing sie wieder an zu weinen.

Ich blieb noch eine Ewigkeit dort liegen, obwohl Flora längst mit Weinen aufgehört hatte und eingeschlafen war. Mir war klar gewesen, dass Dodi die Geschichte überall rumerzählen würde, aber ich hätte nie gedacht, dass sie bis zu Tamsins Mutter gelangt. Nur noch zwei Tage, dann fängt die Schule wieder an. Wenn jetzt nicht noch schnell irgendwas Hochdramatisches passiert, wird alle Welt nur von *mir* reden.

Irgendwann hat Flora sich im Schlaf umgedreht und mir dabei fast ins Gesicht geschlagen, und ich bin aus dem Bett geschlüpft und habe sie richtig zugedeckt. Ich würde ihr gern irgendwie helfen, aber ich glaube kaum, dass eine zufällige Begegnung im Park ein zweites Mal funktionieren würde.

Samstag, 4. Januar

Jetzt weiß ich endlich, warum Zach für Jas so wichtig ist. Wir sind heute Nachmittag wieder zum Stall gefahren und als wir hinterher unsere Pferde gestriegelt haben, hat sie mir alles erzählt. Die Boxen liegen direkt nebeneinander, nur mit Holzlatten abgeteilt, durch die man sich gut unterhalten kann, und Jas hat gesagt, ob sie mich was fragen kann. Ob ich glauben würde, dass Zach und Flora sich getrennt hätten, und wenn ja, ob das bedeuten würde, dass wir Zach nie mehr wiedersehen?

Ich habe gesagt, das wüsste ich nicht.

»Meinst du, sie werden sich irgendwann trennen?«

Ich sagte, vielleicht, wenn Flora nach Schottland geht. Ich würde ja gern glauben, dass räumliche Distanz kein Trennungsgrund ist, aber man braucht sich doch nur Jake und mich anzusehen. Ich meine, klar, Australien ist sehr viel weiter entfernt als Schottland, aber dafür war Jake auch nur knapp einen Monat weg und hatte sich schon *am zweiten Tag* in Tallulah verliebt. Und dann hörte ich Jas schniefen und habe gefragt, »Weinst du etwa?«, und sie hat gesagt, nein, alles bestens, sie hätte bloß eine leichte Pferdehaarallergie.

»Red keinen Quatsch«, sagte ich, und dann fing sie richtig zu weinen an.

»Ich habe versucht, ihn anzurufen!«, schluchzte sie. »Ich habe mir seine Nummer aus Floras Handy geholt, aber er ist nicht drangegangen, und dann habe ich ihm eine Nachricht hinterlassen, aber er hat nicht zurückgerufen, und ich *brauche* ihn!«

In dem Moment habe ich gedacht, ich hätte kapiert, was mit ihr los ist. Ich wollte schon sagen, dass es ganz normal ist, in den

Freund seiner älteren Schwester verknallt zu sein, das käme ständig vor, aber ich war nicht sicher, ob sie überhaupt davon wusste, dass ich mich letztes Jahr in Floras damaligen Freund Joss verguckt hatte, und falls nicht, wollte ich lieber, dass es so blieb.

»Er ist der Einzige, der mir richtig ZUHÖRT«, rief Jas unter Tränen. Dann hat sie mir alles erzählt, und auf so was wäre ich im Leben nicht gekommen.

Jas schreibt nämlich Gedichte.

Und Zach ist der Einzige, der ihre Gedichte je gelesen hat.

»Er fand sie richtig gut«, sagte sie. »Er hat gesagt, ich hätte ›eindeutig Talent‹. Er wollte …«

»Er wollte was?«, fragte ich.

»Es gibt da so einen Wettbewerb«, sagte Jas. »Von dem habe ich in der Zeitung gelesen. Zach hat mir geholfen, und jetzt bin ich tatsächlich ins Finale gekommen, aber da muss man sein Gedicht *vortragen*, also mit Aufstehen und Aufsagen und allem, und JETZT WEISS ICH NICHT, WAS ICH MACHEN SOLL.«

Ich starrte sie bewundernd an. »Das ist ja super, Jas«, sagte ich.

»Aber was soll ich denn jetzt bloß machen?«, rief sie verzweifelt.

»Wo ist das Problem?«

»Ich habe dich schon mal um Hilfe gebeten, aber da warst du nicht interessiert«, sagte Jas. »*Niemand* interessiert sich für mich. Ich höre immer bloß, *ach, mein Freund, und ach, meine Schauspielkarriere, mein Haargel, mein Tagebuch, mein Baby.* Es geht nie, NIEMALS um mich. Zach war der Einzige, der sich um mich gekümmert hat, aber das war wohl auch nicht ernst gemeint, denn jetzt ist er WEG!«

»Stört dich das mit dem Baby?«, fragte ich.

»Natürlich nicht!«, sagte sie. »Und dich?«

»Natürlich nicht«, sagte ich.

»Ich hab's bloß satt, immer die Kleinste zu sein«, sagte Jas. »Früher war das lustig, aber irgendwann fällt man dann hinten runter. Wenn das Baby da ist, hören die Leute vielleicht endlich auf, mich wie ein kleines Kind zu behandeln, und lassen mich in Ruhe.«

Jas ist wegen des Babys offenbar genauso durcheinander wie ich.

»Sobald wir zu Hause sind«, sagte ich, »erzählen wir Mum und Dad von dem Wettbewerb. Dad ist schließlich Schriftsteller. Vielleicht kann er dir helfen.«

»Wenn du Mum und Dad erzählst, dass ich Gedichte schreibe«, sagte Jas, »rede ich nie wieder ein Wort mit dir, ich schwör's.«

Flopsy, mein Pony, wurde langsam unruhig. Ich hatte aufgehört, sie zu striegeln, um mit Jas zu reden, und ich glaube, sie fragte sich, warum ich überhaupt noch in ihrer Box herumstand. Sie stupste mich mit dem Kopf an, als wolle sie mich in Richtung Tür schieben.

»Ich verstehe aber immer noch nicht, wozu du Zach so dringend brauchst«, sagte ich. »Ich meine, sicher ist es schade, wenn er jetzt nicht mitkriegt, wie die Sache weitergeht, aber du bist doch schon im Finale. Vielleicht gewinnst du sogar.«

»Ich kann nicht gewinnen.«

»Vielleicht doch.«

»Kann ich NICHT!!!«, schrie Jas, und dann erklärte sie mir ganz, ganz langsam, als wäre ich sehr, sehr schwer von Begriff: »Das ist kein Wettbewerb für Kinder. Das ist der alljährliche Wettbewerb der Westlondoner Lyrik-Gesellschaft, an dem angeblich jeder teilnehmen kann, aber wenn man genau nachliest, dürfen doch nur Leute ab sechzehn teilnehmen. Ich kann also gar nicht gewinnen, WEIL ICH ERST NEUN BIN. Das ist eine *himmelschreiende* Ungerechtigkeit.«

»Und wozu brauchst du dann Zach?«, fragte ich.

»Ich brauche Zach«, antwortete Jas, »weil er sich für mich ausgeben soll.«

Flopsy gab das Stupsen auf und biss mich stattdessen in die Schulter. Das tat weh, und ich stieß einen Schrei aus. Flopsy schubste mich aus der Box.

Bill saß auf einer Bank direkt vor der Tür und polierte ein Zaumzeug. »Mit Pferden muss man ein bisschen aufpassen«, sagte er.

»Haben Sie etwa *gelauscht?*«, rief ich, aber er zuckte nur die Achseln und sagte, »Hört sich so an, als müsste mal jemand ein Wörtchen mit diesem Burschen reden.« Und dabei sah er mich geradewegs an.

»Ich?«, fragte ich.

»Irgendwer muss es ja tun«, sagte er.

»Er geht aber nicht an sein Handy«, wandte ich ein.

»Ist ja wohl nicht die einzige Möglichkeit, jemanden zu erreichen«, sagte er.

Sonntag, 5. Januar

Ich habe Ewigkeiten für den Brief an Zach gebraucht.

Erst habe ich ellenlang darüber geschrieben, dass ich gut verstehen kann, wie komisch das sein muss, seine Mutter nach so langer Zeit wiederzusehen, und wie verletzend, wenn sie dann gleich wieder verschwindet.

Ich habe auch über Iris geschrieben und dass ich weiß, wie es sich anfühlt, jemanden zu vermissen, den man lieb hat.

Dann habe ich noch geschrieben, dass Flora ziemlich anstrengend sein kann und dass sie bei dem Streit bestimmt noch viel verletzender war, als sie mir erzählt hat.

Und dann war ich plötzlich furchtbar genervt, weil ich schon wieder meine Zeit damit vergeudete, für einen Jungen nach den richtigen Worten zu suchen, auch wenn es diesmal Zach und nicht Jake war, also beschränkte ich mich schließlich auf die reinen Fakten.

»Das mit deiner Mutter tut mir wirklich leid«, schrieb ich. »Aber das Entscheidende ist doch, dass wir hier sind und sie nicht. Du fehlst uns, und wir hauen auch nicht ab.«

Dann schrieb ich noch über Flora und wie sehr sie ihn vermisst, und dass sie, seit er weg ist, nur noch mit Leidensmiene rumläuft, und über Jas, die wegen des Wettbewerbs völlig außer sich ist. Am Schluss habe ich dann noch geschrieben, wenn er mit Flora Schluss machen will, soll er gefälligst den Mut haben, das auch richtig zu tun, und wenn nicht, soll er schleunigst vorbeikommen und sie besuchen.

»PS«, fügte ich noch hinzu. »Flora hat das alles ziemlich mitgenommen, aber es kann sein, dass sie einen auf cool macht. Ich empfehle Blumen und Schokolade.«

Den Brief habe ich sehr spät gestern Abend geschrieben, und heute Morgen bin ich ganz früh aufgestanden, um mit dem Rad zu Zoran rüberzufahren, bevor die anderen wach waren und mich fragen konnten, was ich vorhatte. Da morgen die Schule wieder anfängt, nahm ich an, dass die beiden bald zurück sein würden, wenn sie es nicht sogar schon waren. Nachdem ich den Brief bei Zoran eingeworfen hatte, saß ich noch eine Weile da, starrte den Briefkasten an und fragte mich, ob das jetzt richtig gewesen war, kam dann aber zu dem Schluss, dass ich sowieso nichts mehr daran ändern konnte, und fuhr nach Hause.

Mittags bekam Mum einen Anruf von Zoran, der Bescheid sagen wollte, dass sie zurück waren.

Um halb drei kündigte Flora an, sie würde sich jetzt mit Fieber ins Bett legen und vielleicht nie mehr aufstehen.

Um fünf nach vier klingelte es an der Tür, und das war Zach, einen Strauß Tulpen in der Hand. Twig machte ihm auf, und das war gut so, denn alle anderen hätten viel zu viel Wirbel gemacht. Twig hingegen sagte bloß, »Oh, cool, da bist du ja wieder«, und rief nach Flora.

Flora machte keinen auf cool.

Viel zu schnell für jemanden, der gerade am Fieber starb, erschien sie oben an der Treppe. Zach hielt die Blumen hoch. Bis heute hatte ich nie so richtig verstanden, was mit dem Ausdruck ›sie flog die Treppe hinunter‹ gemeint ist, aber jetzt weiß ich es. In der einen Sekunde war Flora noch auf dem Treppenabsatz, in der nächsten unten im Flur, die Arme um Zachs Hals geschlungen. Ihre Füße hatten keine einzige Stufe berührt.

»Du hasst mich ja doch nicht!«, rief sie.

»Ich habe auch Schokolade mitgebracht«, sagte Zach, und dann sagten sie eine Weile nichts mehr, weil sie zu sehr mit Küssen beschäftigt waren. Dann tauchte Jas auf, und Zach rief, »Hey Jas«, und sie sagte, »Da bist du ja wieder!«, und Zach sagte, »Klar, wir haben ja auch noch einiges zu tun«, und Jas strahlte, und dann kam Mum aus dem Schlafzimmer heruntergewatschelt (das Watscheln ist ziemlich neu und hat irgendwas damit zu tun, dass das Baby zwischen ihren Beinen nach unten drückt, worüber ich lieber nicht länger nachdenken will), und dann kam Dad aus seinem Arbeitszimmer, mit zerwühltem Haar (wie immer, wenn er nicht gut vorankommt) und finsterer Miene (weil er gestört worden war), und sogar Twig ließ seine Comics liegen, und dann konnte man aus keinem mehr ein vernünftiges Wort herausbekommen.

Sollte Zach je ein Problem mit unserer Familie gehabt haben, so war das jetzt eindeutig vorbei.

Später hat er dann noch mal bei mir reingeschaut, kurz bevor Zoran zum Abendessen kam. Flora war unten in der Küche, um Mum zu helfen, und sang aus voller Kehle. Ich war gerade dabei, *Jane Eyre* zu Ende zu lesen (warum muss Mr Rochester am Ende bloß erblinden, warum?), als er in meinem Zimmer auftauchte und sich, ohne mich dabei so richtig anzusehen, für den Brief bedankte.

»Schon in Ordnung«, sagte ich und sah ihn ebenfalls nicht so richtig an. Und dann sagte ich, »Setz dich doch«, weil er immer noch auf der Türschwelle herumlungerte, und er kam rein und setzte sich auf die Fensterbank.

»Schon komisch«, sagte er. »Erst dieses Video, dann der Brief. Als würdest du mir mein Leben schreiben.«

»Ich will tatsächlich mal Schriftstellerin werden«, erzählte ich ihm. »Und Filmemacherin.«

»Na ja, jedenfalls wollte ich sagen, dass mir das echt geholfen hat. Das Ganze von wegen, dass ihr mich vermisst und dass ihr hier seid und so«, sagte er. Dann sagte er lange Zeit nichts, und ich überlegte schon, ob es in Ordnung wäre, einfach *Jane Eyre* weiterzulesen, als er sagte, »Nur damit das klar ist, ich hatte nie vor, mich von Flora zu trennen. Ich war ziemlich sauer, aber dass ich mich nicht gemeldet habe, lag nur daran, dass ich mein Handy ins Meer geworfen habe.«

»Krass«, sagte ich.

»Mum hat auf keinen meiner Anrufe reagiert, und das hat mich tierisch genervt. Und dann habe ich es einfach ins Wasser geworfen, wie so einen flachen Stein. Vier Mal ist es aufgetitscht. Das war echt super.«

»Das hätte ich auch gern gesehen.«

Zach lächelte sein langsames, erstaunliches Lächeln, das mich jedes Mal daran erinnert, warum Flora ihn so mag, obwohl es mir heute ein bisschen trauriger vorkam als sonst.

»Erzähl das bloß nicht Zoran«, sagte er. »Der weiß noch nichts davon.«

»Hast du denn gar nichts mehr von deiner Mutter gehört?«, fragte ich. »Auch nicht per E-Mail oder so?«

Zach sagte, nein, hätte er nicht.

»Das tut mir leid«, sagte ich zu ihm. »Wirklich.«

Einen Moment lang dachte ich schon, er würde mir ein Geheimnis anvertrauen, aber dann lächelte er und sagte nur, »Mir auch.«

»Da bist du ja, Zach!« Flora erschien in der Tür, immer noch strahlend. »Mum will unbedingt Eis, ich muss noch mal zum Laden. Kommst du mit?«

»Wir unterhalten uns gerade!«, protestierte ich, aber Zach war schon aufgestanden und griff nach Floras Hand.

»Danke noch mal, Blue«, sagte er beim Rausgehen.

»Wofür?«, hörte ich Flora fragen.

»Ach, nicht so wichtig«, antwortete Zach, aber oben an der Treppe drehte er sich um und zwinkerte mir zu, als wüssten wir beide, dass das sehr wohl wichtig gewesen war.

Nach dem Essen kam Flora noch mal zu mir ins Zimmer. Sie glitt herein wie eine Elfe, als hätte sie sich nicht den ganzen Abend mit selbst gemachter Pizza und Brownies und Eis vollgestopft, während sie zwischendrin ihren Freund aus dem Zimmer zerrte, um mit ihm zu knutschen, in dem falschen Glauben, wir würden das alle nicht merken. Anmutig ließ sie sich auf dem Fußende meines Bettes nieder, zog die Knie an die Brust und seufzte.

»Hat er dir erzählt, dass er sein Handy ins Meer geworfen hat?«, fragte sie. »Ist das nicht dramatisch? Das ist typisch für Zach, er wirkt immer so ruhig, aber er kann sehr leidenschaftlich sein.«

Dramatik ist für Flora ungefähr dasselbe wie Blut für einen Vampir, ich schwör's.

»Ich habe ihm von Schottland erzählt«, plapperte sie weiter. »Zach sagt, die Entfernung spielt keine Rolle. Er sagt, er kommt mich besuchen, und dann fahren wir zusammen durch die Highlands. Er will sich ein Motorrad kaufen.«

Sie schwebte wieder hinaus und ins Bett und ich ging ins Bad, um mir die Zähne zu putzen. Es ist windig heute Nacht, und der Vollmond ist nur selten zu sehen, weil ständig dicke Wolken über den Himmel ziehen. Ich habe das Fenster aufgemacht und draußen war es richtig laut, die Bäume am Chatsworth Square rauschten und der Wind pfiff um mich herum. Dann kam der Mond hervor und einen Moment lang glaubte ich, einen Schatten zu sehen, der ganz still, reglos wie eine Statue, am Zaun stand, und plötzlich fiel mir ein, wie Flora erzählt hat, dass sie glaubt, Zachs Mutter hätte sie im Park beobachtet, und mir lief ein Schauer über den Rücken.

Ich überlegte, wie wir wohl aussehen, wenn man von draußen zu uns hereinschaut. Und wie sich das wohl anfühlt.

Der Mond zog sich wieder zurück, und der Schatten verschwand.

Montag, 6. Januar

Als ich heute Morgen in die Schule kam, redeten alle nur davon, wie ich Jake einen Schoko-Milchshake an den Kopf geworfen habe, weil er mich mit einer australischen Surferin betrogen hat. Den ganzen Vormittag lang sagten ständig irgendwelche Leute zu mir, »Der war echt gut, Blue«, und kicherten oder machten Schlürfgeräusche.

»Mann, hättest du das bloß gefilmt«, grinste Tom. »Ich würde einiges dafür geben, das zu sehen.«

Von Jake hätte ich eigentlich gedacht, dass er sich in Grund und Boden schämt, aber stattdessen ist er so was wie ein Neben-Promi geworden. Bei unserer ersten Begegnung heute Morgen hat er ziemlich belämmert geguckt und wurde sogar rot, aber in Französisch, als Rohan zu ihm gesagt hat »*Déplacez-vous* von meinem Stuhl oder *je vais jeter un* Milchshake über *vous*«, hat er nur gelacht und ihn abgeklatscht.

»Haben die alle kein interessanteres Gesprächsthema?«, fragte ich Dodi in der Pause. Es war klirrend kalt und die meisten Schüler waren dringeblieben, aber ich war mit ihr auf den Spielplatz gegangen, um ungestört zu sein. Die Jungs spielten Fußball auf dem Sportplatz, aber wir saßen so, dass wir vom Musikgebäude verdeckt wurden.

»Ein interessanteres Thema als dich, wie du in Cafés mit Milchgetränken um dich wirfst? Wohl kaum.«

Dodi genießt den Ruhm, der auf sie als meine beste Freundin abfärbt. Ich wäre nicht überrascht, wenn sie allen Leuten erzählen würde, das Ganze sei eigentlich ihre Idee gewesen.

»Das ist doch wohl die beste Geschichte seit Floras YouTube-Video«, sagte sie selbstgefällig. Dann wurde sie plötzlich sehr geschäftsmäßig. »Übrigens muss ich noch mit dir reden. Gestern Abend habe ich ungefähr hundert Mal auf euren blöden Anrufbeantworter gequatscht.«

»Den hört nie jemand ab«, sagte ich.

»Tja, solltet ihr aber. Das war nämlich wichtig. Rate mal, was passiert ist? Es hat funktioniert!«

»Wovon redest du überhaupt?«, fragte ich.

»Von deiner Milchshake-Aktion! Jake sagt, das sei echt cool von dir gewesen und er hätte ja nicht geahnt, wie nahe dir das alles geht.«

»Ich habe das doch nicht gemacht, um ihn zu beeindrucken«, protestierte ich. »Das war ein echter Wutausbruch.«

»Jedenfalls will er wieder mit dir zusammen sein«, sagte Dodi. »Er hat mich angerufen und gefragt, was er machen soll. Wenn du mich zurückgerufen hättest, wie ich gesagt habe, wüsstest du das alles schon.«

»Aber Tallulah!«, sagte ich.

»Tallulah war ein Fehler«, sagte Dodi. »Jetzt will er mit dir zusammen sein.«

»Aber ich nicht mit ihm!«, kreischte ich. »Ich finde es unglaublich, dass du überhaupt wieder davon anfängst!«

Dodi sagte, Jake täte das Ganze furchtbar leid, am Telefon hätte er fast geweint, und er hätte mich wirklich gern.

»Er ist völlig verzweifelt und möchte dich um Verzeihung bitten«, sagte sie.

»So verzweifelt kann er nicht sein. Er hat gerade noch in einer anderen Sprache über die ganze Sache gelacht.«

Dodi meinte, er habe nur sein Gesicht wahren wollen. Sie meinte, Jake sei zu schüchtern, um mich selber anzusprechen, und sie fände es sehr mutig von ihm, seine Fehler einzugestehen. Jake würde sich zwar wie ein Idiot benehmen, sagte sie, aber im Grunde sei er doch ein netter Kerl und wir beide wären ihr absolutes Traumpaar, und in Chemie sollte ich gut aufpassen, denn sie hätte gerüchteweise gehört, dass er mich fragen will, ob ich seine Laborpartnerin werde.

Heute habe ich noch etwas zum allerersten Mal getan: Ich habe die Schulschwester angelogen, ich hätte Kopfschmerzen, und habe die ganze Chemiestunde im Krankenzimmer verbracht.

Dienstag, 7. Januar

Da wir jetzt das erste unserer Probleme, nämlich Flora und Zach, gelöst haben, müssen wir uns dem zweiten zuwenden, nämlich Jas. Und danach, wenn alle wieder glücklich sind und ich nicht mehr ständig Gefahr laufe, in dem Tränenmeer anderer Leute zu ertrinken, können wir uns vielleicht mal mit der Frage befassen, wie ich mich in der Sache mit Jake verhalten soll.

Die letzte Vereinbarung zwischen Jas und Zach, bevor er verschwand, war folgende: Weil Jas, formal gesehen, noch zu jung ist, um aufzutreten – gerade mal halb so alt wie erforderlich –, sollte Zach sich bis zum letzten Moment für sie ausgeben. Erst auf der Bühne sollte er beiseitetreten und ihr seinen Platz überlassen. Gewinnen könnte sie zwar trotzdem nicht, sagt sie, aber zumindest hätte sie sich Gehör verschafft.

Flora, die jetzt Bescheid weiß, ist mit dieser Vereinbarung ungefähr so glücklich wie Dad, als er entdeckte, dass Ron seine Lieblings-Wildlederschuhe als Toilette benutzt hat. Jas hat damals gesagt, wenigstens würde er nicht mehr auf den Teppich machen, aber das brachte das Geschrei auch nicht zum Verstummen.

»Dein Name ist Jasmine«, sagte Flora zu ihr. »Das ist ein Mädchenname. Und Zach ist kein Mädchen.«

»Ich habe mich als Jas angemeldet«, sagte Jas. »Das könnte auch die Kurzform von Jason sein.«

Flora hörte nicht auf sie.

»Schlimm genug, dass du so tust, als wärst du neun«, sagte sie zu Zach. »Musst du dich jetzt auch noch als Mädchen ausgeben?«

»Ich glaube, du hast da was nicht ganz verstanden«, sagte ich, aber auf mich hörte sie genauso wenig.

»*Ich* werde mich für Jas ausgeben«, sagte sie. »Ich habe wenigstens das richtige Geschlecht.«

»Ohne Zach kann ich das aber nicht«, sagte Jas und ihre Stimme bebte. Um ehrlich zu sein, hatte ich anfangs gedacht, dass zwei Bühnenkünstler eindeutig mehr sind, als eine Familie verkraften kann, erst recht, wenn man auch noch Dads Schriftstellerallüren und Mums Hormone mit einrechnet, aber als Jas meinte, ohne Zach würde sie das nicht schaffen, wurde mir klar, wie sehr sie sich trotz allem von Flora unterscheidet.

»Du musst das ja nicht machen«, erklärte ich ihr.

»Natürlich muss sie das«, sagte Flora. »Jetzt, wo sie damit angefangen hat, kann sie doch nicht auf halber Strecke aufgeben.«

Der Vortragsabend ist in etwas mehr als einer Woche, und da Flora diese Rolle nun mal nicht übernehmen kann, hat sie zumindest die Regie an sich gerissen. Sie hat Jas fünf Tage Vorbereitungszeit eingeräumt, danach muss sie erstmals vor Publikum auftreten.

»Und mach dich auf konstruktive Kritik gefasst«, sagte Flora.

»Da kriege ich ja richtig Angst«, sagte Zach.

»Ich auch«, flüsterte Jas, aber im Gegensatz zu Zach lachte sie nicht dabei.

Freitag, 10. Januar

Sollte Jas vorher tatsächlich vernachlässigt worden sein – woran ich persönlich meine Zweifel habe –, hat sich das jetzt komplett geändert, denn das Zweite, worauf Flora bestanden hat, war, dass Mum und Dad davon erfahren.

»Mein kluges Mädchen!«, rief Mum (buchstäblich mit Tränen in den Augen), während Dad sich in den Bart nuschelte, er sei auch sehr stolz und ob wir wüssten, dass er als junger Mann auch Gedichte geschrieben hat. Mum sagte, das wüssten wir zur Genüge und es ginge jetzt ausnahmsweise mal nicht um ihn, und dann fragte sie Jas, ob denn auch welche von ihren Freunden bei dem Wettbewerb mitmachen würden.

Möglicherweise hat Flora ihnen nicht die ganze Wahrheit erzählt.

»Hauptsache ist doch«, sagte sie, »dass wir alle dabei sind, wenn Jas ihren großen Auftritt hat.«

Mum und Dad meinten, den wollten sie um nichts in der Welt verpassen. Jas sah aus, als würde sie sich jeden Moment übergeben. Mum machte ihr eine Suppe und eine Wärmflasche und sagte, sie müsse heute nicht zur Schule gehen.

Wenn jemand in dieser Familie zu wenig beachtet wird, dann bin ich das, und nicht Jas. Und vielleicht noch Twig, aber der ist froh darüber, weil er Maisie mit seinen Babysitter-Fähigkeiten imponieren kann, ohne dass ihn jemand fragt, wo er hingeht. Ich hingegen könnte durchaus mal einen Rat gebrauchen, denn seit neuestem werde ich von Jake geradezu verfolgt. Ständig finde ich irgendwelche Zettel von ihm, auf denen »Tut mir leid« oder »Freunde?« steht, oder »Ich möchte doch nur, dass alles wieder so ist wie früher«. Dodi leugnet jede Mitwirkung. Falls sie lügt, und dessen bin ich mir ziemlich sicher, ist sie es vielleicht, die mir diese Zettel zusteckt, in den Ranzen oder in die Jackentasche. Falls sie aber wirklich nichts damit zu tun hat, muss Jake das irgendwie selbst hinkriegen, und das wäre mir ziemlich unheimlich.

Die Proben für Jas' Auftritt laufen auf vollen Touren, was die Regentin, ich meine, die Regisseurin eigentlich freuen sollte, aber das tut es nicht, weil Jas sich nämlich weigert, von Flora gecoacht zu werden, und darauf besteht, dass Zach das macht. »Er ist *mein* Freund«, beschwerte sich Flora heute Abend, nachdem er mit Jas in deren Zimmer verschwunden war. »Sie nimmt ihn völlig in Beschlag. Im Ernst, er vernachlässigt mich schon richtig. Ich bereue allmählich, dass ich ihr meine Hilfe zugesagt habe.«

»Wo du von Hilfe sprichst«, meinte Twig, »hat dich denn überhaupt jemand darum gebeten?«

Ich wollte gerade hinzufügen, dass Flora nicht die geringste Ahnung hat, wie es ist, von seinem Freund vernachlässigt zu werden, als Zach auch schon wieder die Treppe herunterkam und meinen Einwand durch einen sehr ausgedehnten Gutenachtkuss überflüssig machte.

Bisher hat Jas sich standhaft geweigert, uns irgendetwas über ihre Pläne mit Zach zu verraten, aber heute Abend hat Flora es dann aus ihr herausgeprügelt, also bildlich gesprochen.

»Wenn du mir nicht erzählst, was ihr vorhabt, du und Zach«,

sagte Flora, »dann erzähle ich allen, Mum und Dad und den Organisatoren, dass du erst neun bist.«

Twig sagte, Mum und Dad wüssten sicher schon, dass Jas erst neun ist. Flora sagte, er würde ihr heute Abend ziemlich auf die Nerven gehen und auf wessen Seite er eigentlich stehe? Jas sagte, Erpressung sei zwar widerwärtig und Flora ein Biest, aber sie sei trotzdem bereit, ihr Geheimnis preiszugeben, nämlich, dass Zach ihr bei ihrem Gedichtvortrag hilft, indem er ihn mit Musik untermalt.

»Wie, mehr nicht?«, fragte Flora.

»Also, nicht richtig untermalt«, erläuterte Jas. »Zach sagt, er hilft mir dabei, den Rhythmus des Gedichts zu finden, indem er ihn sozusagen auf der Gitarre spielt. Wenn ich es dann vortrage, brauche ich mir nur im Kopf die Musik dazu vorstellen. Zach sagt, das hat mit der Musikalität des Textes zu tun.«

Wir starrten sie alle an.

»Oh mein Gott«, sagte Flora. »Zach hat ein Monster erschaffen.«

»Vielen Dank«, sagte Jas.

Zoran hat erzählt, dass Zach wieder Lieder schreibt. Wenn er nicht gerade mit Jas übt oder mit Flora rumknutscht oder mit Twig Fußball spielt, macht er das Gleiche wie Jas: in einer Ecke sitzen und vor sich hin kritzeln. Ich habe gefragt, woran er denn gerade arbeitet, und Zoran meinte, anscheinend sei das was ganz anderes als sein voriges Stück, das ja sehr düster und traurig war. Diesmal wollte er ein Lied übers Glücklichsein schreiben, aber das sei gar nicht so leicht, wie man annehmen könnte.

»Es handelt von Flora«, sagte Zoran. Wir saßen auf der Veranda, obwohl es kalt und schon fast dunkel war. Flora hing kopfüber vom Baumhaus und ihr Pullover war ihr fast bis zum BH hochgerutscht. Zach stand unten und schaute grinsend zu ihr hoch.

»Habt ihr noch mal was von seiner Mutter gehört?«, fragte ich, und Zoran sagte, nein, immer noch nichts.

»Was ist denn weiter passiert?«, fragte ich.

Er zuckte die Achseln und sagte, sie sei wieder verschwunden.

»Und Mr Rudowski? Hast du den noch mal gesprochen?«

Zoran sagte, ja, hätte er, aber ihm sei nicht wohl dabei, mir davon zu erzählen, weil sich das nicht gehören würde.

»Ich möchte es aber wissen.«

»Das ist privat, und außerdem wäre es Zach gegenüber nicht fair.«

Ich dachte darüber nach. »Ich glaube, Zach gegenüber ist es noch weniger fair, wenn du uns *nicht* davon erzählst«, sagte ich schließlich. »Wie sollen wir sonst verstehen, was er gerade durchmacht?«

Zoran seufzte. »Sie ist krank, Blue, und sie betrachtet Zach quasi als ihr Eigentum. Sie kann es nicht ertragen, ihn mit anderen Menschen zu sehen, auch wenn sie sich ansonsten überhaupt nicht um ihn kümmert.«

»Aber ich verstehe immer noch nicht …«

»Leute wie sie brauchen Hilfe, aber manchmal sind sie nicht dazu bereit, sie auch anzunehmen. Dadurch machen sie es sich selbst und ihrer Umgebung sehr schwer. Mrs Rudowska hat Wanda damit ins Grab gebracht.«

»Sie hat Zachs Großmutter umgebracht?«

»Das habe ich nicht gesagt.« Zoran lächelte schwach. »Ich meinte nur, dass die Sorge um ihre Tochter bei Mrs Rudowskas

Krebserkrankung nicht gerade hilfreich war. Und das reicht jetzt. Mehr möchte ich dazu nicht sagen.«

Zoran wirkte erschöpft. Ich boxte ihn in die Seite.

»Gerade jetzt scheint es ihm doch ganz gut zu gehen«, sagte ich und nickte zu Zach hinüber, der immer noch zu der halb nackten Flora hinaufstarrte. Zoran lachte.

»Nur eine Frage noch«, sagte ich, und er stöhnte. »Flora sagt, Zachs Mutter hätte sie und Zach bei ihrem Streit im Park beobachtet. Und neulich nachts habe ich sie vor unserem Haus gesehen. Findest du nicht auch, dass das seltsam ist?«

»Ich glaube eher, dass deine blühende Fantasie dich eines Tages zu einer hervorragenden Schriftstellerin machen wird«, sagte Zoran.

»Nein, mal im Ernst«, sagte ich.

»Das ist mein Ernst. Eine ganz große Autorin.«

Er boxte mich zurück und wider Willen musste ich lachen.

Es war schön, dort zu sitzen und daran zu glauben.

Die Filmtagebücher der Bluebell Gadsby

7. Szene (Transkript)
Die Generalprobe

INNEN. ABEND.

Das Wohnzimmer der Gadsbys. Die Stühle sind ordentlich in zwei Reihen aufgestellt, und auf ihnen sitzen FLORA, ZACH, TWIG, DODI und ZORAN. Alle verfügbaren Lampen im Raum sind ums Klavier versammelt, wo JASMINE in einem Lichtkreis steht und ein Gesicht macht wie das sprichwörtliche Kaninchen vor der Schlange. Der Rest des Raums liegt im Dunkeln. Applaus.

JAS
Soll ich anfangen?

FLORA
Frag nicht, ob du anfangen sollst.
Schau ins Publikum und warte, bis es still wird.
Fordere unsere Aufmerksamkeit ein.
Und wenn du sie hast, fang an.

DODI
(im Flüsterton zu Twig)
Wie läuft's denn so mit Maisie?

TWIG

(ebenfalls flüsternd)

Was geht dich das an?

DODI

(mit mühsam unterdrücktem Kichern)

Ich habe bloß gehört, dass sie letzten Mittwoch nach der Schule mit Justin Murphy gesehen worden ist.

TWIG

(sehr viel lauter)

Und ich habe gehört, dass du es nicht lassen kannst, dich in fremder Leute Angelegenheiten einzumischen.

ZORAN

(in sehr lautem Bühnenflüstern)

Würdest du, deiner Schwester zuliebe, bitte leise sein.

JAS

(an alle gerichtet)

Ich weiß echt nicht, was diese Probe bringen soll.

FLORA

Ruhe im Saal!

JAS

Ich kann das nicht.

ZACH

Klar kannst du das.

JAS

Nein, wirklich nicht.

Zach steht auf und flüstert ihr etwas ins Ohr.
Jas schluckt mühsam, nickt, holt dann tief Luft, hebt das Kinn und wendet sich wieder der Kamera zu. Sie öffnet den Mund, um anzufangen, wird aber von einem scharrenden Geräusch hinter der Tür unterbrochen.

TWIG

(flüsternd)

Ich wette, das sind Mum und Dad, die lauschen.

ANMERKUNG: Die Eltern wurden von der Generalprobe ausgeschlossen, weil Erwachsene Jas nur noch nervöser machen.

Flora runzelt die Stirn und macht einen Schritt in Richtung Tür. Das Scharren verstummt. Flora fordert Jas auf, weiterzumachen, aber da ist Jas auch schon an der Tür und reißt sie auf. Die ELTERN stolpern ins Zimmer, während Jas hinausrennt. Nach kurzem Zögern läuft Zach ihr nach. Flora will ihm folgen, aber er schüttelt den Kopf und sie bleibt stehen.
Das Bild wird schwarz.

Sonntag, 12. Januar

Im Zimmer war es ein paar Sekunden lang still, dann brach der Sturm los.

»Was habt ihr euch bloß dabei gedacht?«, schrie Flora unsere Eltern an. »Ihr habt ihr die ganze Probe vermasselt!«

»Das war die Idee eures Vaters«, murmelte Mum. »Ich wollte nicht lauschen.«

»Und trotzdem hast du hinter der Tür gestanden. Und gelauscht«, hielt Flora ihr entgegen.

»Es war nicht fair, uns einfach auszuschließen«, sagte Dad.

Ich erklärte ihnen die Sache mit den Erwachsenen, die Jas nervös machen.

»Zoran ist doch auch dabei!«, protestierte Dad.

»Der ist kein richtiger Erwachsener«, sagte Flora.

Der ganze Sinn und Zweck der Aufnahme war es gewesen, dass Jas sie sich hinterher ansehen und mögliche Fehler korrigieren konnte. »Wir müssen es noch mal versuchen«, sagte Flora, aber als Jas schließlich wieder runterkam, sagte sie einfach Nein, sie wüsste, was sie falsch machte, und würde daran arbeiten.

»Keine Proben mehr«, sagte sie.

»Aber du bist noch nicht so weit …«, setzte Flora an, und dann kam Zach mit seiner Gitarre ins Zimmer.

»Sag's ihnen«, befahl ihm Jas.

»Wir sind gut«, sagte Zach, und in dem Moment wusste ich, dass er genau der richtige Freund für Flora ist, denn er muss nicht rumschreien und auch nicht besonders hart oder cool sein, wie einige ihrer früheren Freunde. Zach braucht nur irgendwo reinzuschlendern und ›Wir sind gut‹ zu sagen, und schon ist sie still.

Zoran nahm mich beiseite. »Dir ist doch wohl klar, dass sie das nicht bringen kann«, sagte er. »Selbst wenn sie nicht wegen ihres Alters disqualifiziert wird, werden sie sie in der Luft zerreißen.«

»Jas kommt schon klar«, sagte ich.

»Im Gegensatz zu deinen Eltern habe ich nämlich mal ein bisschen recherchiert! Sie ist ein Kind, Herrgottnochmal! Und sie tritt gegen Erwachsene an. Mir gefällt diese Heimlichtuerei überhaupt nicht. Ich habe große Lust, die ganze Sache auffliegen zu lassen.«

»Jas hat sich verändert«, sagte ich. »Wenn sie sich das vorgenommen hat, wird sie keiner davon abhalten können.«

Mittwoch, 15. Januar

Heute habe ich zwei rote Rosen in meinem Schließfach gefunden. Dodi hat fast sofort zugegeben, dass sie Jake die Kombination für mein Schloss verraten hat.

»Du musst endlich aufhören, ihn auch noch zu ermutigen«, sagte ich zu ihr.

»Aber er liebt dich so sehr!«, rief sie.

»Jetzt wird es langsam albern«, sagte ich. »Wenn ich ihn gernhabe, hat er mich nicht gern. Und jetzt, wo ich ihn nicht mehr gernhabe, findet er mich toll. Was soll denn das?«

Dodi sagte, das wüsste sie auch nicht, aber es wäre eine Schande, und vielleicht läge es daran, dass Gegensätze sich anziehen.

»Du meinst, wenn ich nett zu ihm bin, lässt er mich vielleicht in Ruhe?«, fragte ich.

»Ich verstehe nicht, warum du ihn unbedingt loswerden willst«, sagte Dodi. »Ich finde ihn echt süß.«

»Weil er NERVT!«, rief ich. »Geh du doch mit ihm, wenn du ihn so gern magst!«

Dodi wurde ein bisschen rot und sagte, »Auf mich steht er aber nicht«, und ich kam mir gemein vor, weil Dodi nicht gern daran erinnert wird, dass sie noch nie einen Freund hatte.

»Dann ist er wirklich ein Idiot«, sagte ich, und das munterte sie ein bisschen auf.

Als wir dann vorm Matheraum standen und warteten, habe ich mich bei Jake für die Blumen bedankt.

»Sehr aufmerksam von dir«, sagte ich. Das war das erste Mal seit dem Milchshake-Zwischenfall, dass ich mit ihm gesprochen habe, und sein Gesicht leuchtete auf, als hätte jemand Feuer gelegt.

»Gefallen sie dir?«, fragte er.

»Sie sind sehr hübsch«, sagte ich, und dann setzte ich mich im Klassenraum ganz hinten ans Fenster, wo ihm keiner der Lehrer erlauben würde zu sitzen.

»Ich komme am Sonntag zu dem Auftritt von deiner Schwester!«, rief er, als Mr Mathe schon hereinkam.

»Lass dich nicht stören, Jake«, sagte Mr Mathe.

Vielleicht stimmt meine Theorie ja doch nicht. Manchmal mögen einen die Leute nur noch mehr, wenn man nett zu ihnen ist.

Sonntag, 19. Januar

Zach und Zoran kamen zu spät. Eigentlich wollten wir uns um halb sieben bei uns zu Hause treffen, aber um Viertel vor sieben meinte Dad, wir könnten nicht länger auf sie warten. Er rief Zoran an, um ihm zu sagen, dass wir schon mal losgehen. Außerdem sagte er noch, er solle mal langsam in die Hufe kommen, schließlich sei das der wichtigste Abend im Leben seiner Tochter und sie könne etwas Unterstützung gebrauchen.

»Nun reg dich mal ab«, sagte Flora. »Du machst sie nur noch nervöser.«

Dad sagte, er könne nichts dafür, er fühle sich für Jas verantwortlich, schließlich hätte sie offenbar seine literarischen Gene geerbt. Mum erinnerte ihn daran, dass es hier nicht um ihn ging.

»Es gibt sicher einen guten Grund für ihre Verspätung«, fügte sie hinzu, aber Dad wollte sich einfach nicht beruhigen. »Ich finde das absolut rücksichtslos und egoistisch«, sagte er, während er uns schon aus dem Haus zu schieben versuchte.

Twig verkündete, Jas sei gerade nach oben gerannt, um sich zu übergeben.

Das Finale des Wettbewerbs der Westlondoner Lyrik-Gesellschaft fand in einer Kirche mit lachsroten Wänden, dunkelgrünem Schnitzwerk und gold-blauen Engelsbildern über dem Altar statt. Das hört sich ziemlich hässlich an, ist es aber gar nicht, wie ich an diesem langen und weitgehend langweiligen Abend in aller Ruhe feststellen konnte. Das Erste, was mir beim Reinkommen auffiel, war die Größe der Kirche. Und auch, wie viele Menschen in Westlondon anscheinend Gedichte mögen und wie alt sie alle waren im Vergleich zu Jas. Vor diesem Abend ist mir noch nie so richtig klar gewesen, wie klein man mit neun Jahren noch ist. Viele Leute im Raum sahen aus wie unsere Nachbarn, Mr und Mrs Bateman, die schon weit über sechzig sind und Rentnerbeige tragen und viel im Garten arbeiten, oder es waren Leute im Alter von Mum und Dad, mit langen bunten Schals und ohne Make-up, die aussahen, als fänden sie es toll, frühmorgens barfuß über die Felder zu laufen und Hymnen zum Lob der aufgehenden Sonne zu singen. Es gab auch noch einen Mann Anfang zwanzig, der hektisch hin- und herlief und mit den Armen ruderte, weil er in letzter Minute noch mal seinen Vortrag probte, und ein Mädchen mit Nasenring und gelbem Overall, das etwas verloren wirkte, aber es war niemand dabei, der so klein und verängstigt aussah wie Jas.

»Eintritt zehn Pfund pro Person«, sagte eine Dame mit einem weinroten Kleid, grauen Haaren und ohne BH. »Gehören Sie zu einem der Vortragenden?«

»Wo sind denn all die anderen Kinder?«, fragte Mum.

Die Dame an der Kasse machte ein verdutztes Gesicht, aber wir hatten die Situation schon geprobt. Flora übernahm das Kommando. »Jas Gadsby«, sagte sie zu der Dame an der Kasse und wandte sich dann an unsere Eltern. »Dad, gib mir doch einfach das Geld für die Karten und du suchst schon mal einen Platz für Mum.«

»Du siehst müde aus, Mum«, sagte Twig.

»Ich helfe euch«, bot ich an, während Flora schon das Portemonnaie aus Dads Tasche zog.

»Dann komm mal mit, mein junger Star!« Dad legte Jas den Arm um die Schulter. »Wo sitzen die Künstler?«, fragte er.

»Möglichst weit vorn.« Die Dame an der Kasse schien immer noch verwirrt.

Jas setzte sich mit benommener Miene hin und sagte, sie müsse sich gleich wieder übergeben.

»Lass es drin, Krabbe«, sagte Flora, als sie sich zu uns setzte. »Heute ist dein großer Auftritt.«

»Ich verstehe immer noch nicht, warum hier keine anderen Kinder sind«, sagte Mum.

»Dein Freund ist übrigens auch da.« Flora grinste mich an.

»Ich habe keinen Freund«, sagte ich.

»Dann erzähl ihm das mal. Er sitzt zwei Reihen hinter dir.«

Ich sah mich verstohlen um und sie hatte Recht. Auf der anderen Seite des Gangs, zwei Reihen hinter uns, saßen Jake und Dodi. Dodi strahlte. Jake winkte kurz und wurde knallrot. Ich drehte mich wieder nach vorn.

»Ich bringe Dodi um«, knurrte ich wütend. »Ich hätte nie gedacht, dass er wirklich kommt.«

Flora schnaubte nur.

Gerade, als das Licht ausging, quetschte sich Zoran ans Ende unserer Bank.

»Wo *wart* ihr denn?«, fragte Flora. Trotz all ihres Herumgepolters war sie fast genauso nervös wie Jas.

»Alles in Ordnung«, sagte Zoran.

»Und wo ist Zach?«

»Er kommt doch noch, oder?«, flüsterte Jas.

»Ich bin hier.« Zach glitt neben Zoran, der ihm den Arm um die Schultern legte.

»Geht's wieder?«, hörte ich ihn fragen.

»Ja, alles okay«, antwortete Zach. Zoran drückte ihn kurz und ließ ihn dann wieder los.

»Müssen wir hier eigentlich so dicht aufeinanderhocken?«, fragte Twig.

Es macht mich ein bisschen traurig, das hinzuschreiben, weil ich nur sehr ungern aufgebe, aber ich fürchte, Lyrik ist einfach nicht mein Ding. Die Damen mit den langen Haaren und den bunten Schals kamen und gingen, im Wechsel mit den grauhaarigen älteren Herrschaften in beigefarbenen Strickjacken. Der junge Mann im Anzug weinte, als er sein Gedicht vortrug, das entstanden war, als seine Frau zum zweiten Mal geheiratet hatte. »Aber nicht mich«, fügte er hinzu, für den Fall, dass wir nicht kapiert hatten, warum er so traurig war.

»Das ist ja gar kein Wettbewerb für Kinder!«, bemerkte Mum. Dad schluckte krampfhaft, als müsse er sich gleich übergeben.

»Jas wird das schon machen«, sagte Zoran nachdrücklich.

Das Mädchen im gelben Overall hatte wohl gemerkt, dass sie hier falsch war, und war spurlos verschwunden. Dann sind Twig und ich beide eingeschlafen und wurden erst dann wieder von Flora mit einem kräftigen Rippenstoß geweckt, als der Ansager Jas' Namen aufrief und sie sich von ihrem Platz erhob, bleich wie ein Gespenst und zitternd wie Espenlaub, den Blick starr nach vorn gerichtet, während Zach sich neben sie stellte, die Gitarre in der Hand.

»Alles klar?«, formte er lautlos mit den Lippen. Jas versuchte ein Lächeln.

»Jas Gadsby!«, rief der Ansager zum zweiten Mal, und Jas und Zach liefen gemeinsam den Gang hinunter, Jas in ihrer üblichen Uniform aus schwarzem Kleid und schwarzer Leggings mit silbernen halbhohen Turnschuhen, Zach mit seiner Gitarre auf dem Rücken.

»Ich verstehe nicht ganz«, sagte der Ansager stirnrunzelnd, als sie vorne bei ihm ankamen.

»Ich auch nicht«, murmelte Dad.

Flora seufzte, als Zach den Arm ausstreckte und Jas bei der Hand nahm.

Jas schien plötzlich ungefähr zehn Zentimeter zu wachsen und griff nach dem Mikrofon.

»Auch wenn ich erst neun bin«, verkündete sie, »kann ich trotzdem Gedichte schreiben.«

Viele Leute fingen an zu lachen. Dad legte den Kopf in die Hände. Zach lächelte, trat auf die Bühne und fing an zu spielen. Jas stand reglos vorne am Rand, eine winzige Erscheinung, und wartete, bis das Publikum ruhig war. Dann hob sie an:

Ich kenne ein Grab, unterm Blätterdach,
Steine sind alles, was von den Toten bleibt.
Dort sitz ich und halte das Untier in Schach,
das an mir nagt und die Freude vertreibt.

»Das ist gut!«, hauchte Dad.

»Es reimt sich«, flüsterte Twig.

»Still jetzt, alle beide«, zischte Flora.

Jas fuhr fort und Zach begleitete sie weiter mit leisen Akkorden.

Rings um den Friedhof tobt die Stadt,
treibt den Herzschlag der Menschen voran.
Tief in mir drin wird das Untier nie satt
Das nicht vergeben und vergessen kann.

Dies Untier gehört allein der Nacht
Dies Untier nimmt sich vor Licht in Acht
Dies Untier hält bei mir ewige Wacht,
Tief verborgen in meinem Kopf.

Das Grab ist mit Blumen und Moos bedeckt
Ein Vogel nistet hier ab und zu
Hier sitz ich oft stundenlang versteckt
Hier kommt die Bestie in mir zur Ruh'.

Ich weiß, dass ich parteiisch bin, und außerdem hatte ich die meisten anderen Gedichte verpasst, aber Jas war mit Abstand die Beste. Sie und Zach wiederholten die Strophe mit *Dies Untier gehört allein der Nacht* noch mehrere Male, wie einen Refrain, so dass es eher wie ein Lied als wie ein Gedicht klang, und vielleicht war auch das ein Grund, warum es mir so gut gefiel, neben dem, dass es ja Jas und Zach dort vorne waren. Und ich war nicht die Einzige. Am Schluss schwiegen alle noch einen Moment lang wie betäubt, weil sicher niemand im Publikum ausgerechnet von einem Kind etwas so Düsteres erwartet hatte, aber dann sprangen alle auf und jubelten. Ein Reporter vom Lokalblatt versuchte, gleichzeitig Fotos zu machen und in sein Notizbuch zu schreiben. Jas strahlte und umarmte Zach, der grinste und die Umarmung erwiderte. Dad brüllte, »Meine Tochter! Das ist meine Tochter!«, und reckte die Faust in die Luft. Twig, Flora und ich hüpften auf und ab, um besser sehen zu können, und Zoran hatte den Arm um Mum gelegt, die sich die Augen ausweinte. Hinter uns hörte ich, wie Dodi und Jake ebenfalls jubelten.

»Das war echt toll!«, rief Dodi, als ich mich zu ihnen umwandte.

»Echt toll!«, echote Jake. Ich vergaß, dass ich ihn irgendwie unheimlich fand, und winkte.

Meistens nervt mich meine Familie ja ziemlich, aber heute Abend war das nicht so. Heute Abend war es einfach super.

Jas hat natürlich nicht gewonnen, wie Zoran schon vorausgesagt hatte. Der erste Preis ging an eine der Damen mit Schal für ein Sonett über Katzen, der zweite an einen der alten Männer für eine Ballade über die Liebe seines Lebens, die wie ein Vampir war, woraufhin der junge Mann im Anzug noch heftiger weinte. Hinterher, kurz bevor der Lokalreporter fragte, ob er von uns allen ein Foto machen könnte, hielten die Organisatoren des Wettbewerbs Mum, Dad und Jas noch einen langen Vortrag darüber, wie viele Regeln Jas gebrochen hatte, und dass sie mit ihren falschen Angaben ihr Vertrauen missbraucht hätte und deshalb natürlich disqualifiziert werden musste. »Aber dein Text war durchaus vielversprechend«, sagte die eine Organisatorin mit dem gönnerhaftesten Lächeln, das ich je gesehen habe. »Du wirst bestimmt zu einer sehr interessanten jungen Dichterin heranreifen.«

Flora streckte ihr hinter ihrem Rücken die Zunge heraus. Wir lachten alle. Gloria und Bill tauchten auf, Bill immer noch angezogen wie ein Landstreicher, Gloria von Kopf bis Fuß in knallenges, atemberaubendes Schwarz gekleidet. Sie sagte zu Jas, Gedichte schreiben könne sie sogar noch besser als reiten, und Jas strahlte noch mehr. Dad und Zoran gafften Gloria an. Twig kicherte. Der Lokalreporter machte ein Foto von uns, und wir strömten alle aus der Kirche in die Nacht hinaus. Zach nahm Jas auf die Schultern und sie kreischte, er solle sie wieder runterlassen, aber sie lachte dabei. Flora stellte sich auf die Zehenspitzen und küsste ihn auf die Lippen. Mum hatte sich bei Dad eingehängt und die beiden lachten auch.

Es war einfach perfekt.

Und dann wurde alles anders.

Der Stein traf Mum gleich oberhalb der rechten Schläfe. Sie taumelte, rutschte aus und stürzte zu Boden. Irgendjemand schrie, aber ich weiß nicht, wer. Jas purzelte von Zachs Schulter herunter, aber er konnte sie gerade noch auffangen, bevor sie auf dem Fußweg aufschlug. Ein Mann schob sich durch die Menschenmenge vor der Kirche; er sagte, er sei Arzt, und kniete sich neben Mum, die auf dem Boden lag, den Kopf in Dads Schoß gebettet.

»Alles in Ordnung«, murmelte Mum. Sie blutete an der Schläfe.

»Meine Frau ist schwanger!«, rief Dad.

Der Arzt beugte sich über Mum, um ihr den Puls zu fühlen. Dabei lächelte er sie die ganze Zeit an, und ich dachte schon, alles würde wieder gut. Aber dann schaute er Dad an und sagte, er solle einen Krankenwagen rufen.

Sonntag, 19. Januar (mitten in der Nacht)

Niemand hat gesehen, wer das war, aber ich weiß es. Und ich bin auch nicht die Einzige.

Es ist so offensichtlich.

Dad ist gestern Abend mit Mum in einem Rettungswagen ins Krankenhaus gefahren, und Zoran hat uns mit unserem Auto nach Hause gebracht. Zach saß neben ihm auf dem Beifahrersitz, Flora und die anderen in der Reihe dahinter. Ich saß ganz hinten.

Jas weinte die ganze Zeit und fragte immer wieder: »Wie kann jemand so was tun? Warum Mummy? Warum hier, warum heute Abend, warum gerade jetzt?«

»Ich weiß es nicht«, sagte Flora.

Ich dachte an das Baby in Mums Bauch, an das Gefühl, wie es den Kopf gegen meine Handfläche drückt oder wie es tritt, und an Mums Worte, »Was meinst du, wie sich das erst für mich anfühlt!« Mum am ersten Weihnachtstag, wie sie schnarchend auf dem Sofa lag, und am zweiten, beim Scharadespielen. Ich wollte etwas sagen, aber ich konnte nicht sprechen. Es ging einfach nicht. Als wäre die Verbindung zwischen meinem Gehirn und meinem Mund unterbrochen.

Wenn ihnen irgendwas passiert ... Ich ballte die Fäuste, bis sich die Fingernägel in meine Handflächen bohrten. Wenn ich nicht gerade schreiben würde, wären sie immer noch geballt.

»Wer macht denn so was?«, schluchzte Jas, und Flora sagte wieder, sie wüsste es nicht. Aber ich weiß, wer diesen Stein auf Mum geworfen hat, und Zoran weiß es, und Zach auch.

Die beiden haben während der ganzen Heimfahrt kaum miteinander gesprochen, nur einmal hat Zoran den Arm um Zach gelegt und ihn kurz gedrückt, wie vorher in der Kirche. Ich konnte nicht verstehen, was er sagte, aber es klang wie eine Frage. Zach zuckte die Achseln und schaute aus dem Fenster. Er sah aus, als würde er gleich anfangen zu weinen, und ich dachte, gut so.

Ich wünschte, ich hätte ihn und seine bescheuerte Mutter niemals kennengelernt. Ich wünschte, Zoran hätte nie eingewilligt, sich um ihn zu kümmern.

Zoran brachte erst Zach nach Hause und dann uns und sagte dann, er würde bei uns bleiben, bis Dad zurück ist. Flora hat gesagt, das müsse er nicht, aber er wollte es so.

Wir gingen nicht ins Bett, sondern holten unsere Decken ins Wohnzimmer runter, kuschelten uns aufs Sofa und warteten. Es war schon nach zwei, als Dad nach Hause kam. Alle waren eingeschlafen, nur Zoran und ich saßen im Dunkeln beisammen, immer noch schweigend. Dad setzte sich zu uns aufs Sofa. Die anderen wurden wach, und wir drängten uns um ihn.

»Wie geht es Mum?«, fragte Twig.

»Ganz gut, aber sie wollen sie noch unter Beobachtung behalten.«

»Was ist mit dem Baby?«, fragte Flora.

»Morgen wissen wir mehr.«

Ich drückte mich noch enger an ihn. Nur undeutlich nahm ich wahr, wie Zoran mir die Hand auf die Schulter legte und murmelte, »Ich melde mich morgen früh bei euch.« Einen Moment lang dachte ich, jetzt erzählt er es Dad, aber dann sagte er doch nichts, und ich schwieg auch.

Wir gingen alle nach oben, aber sobald die anderen im Bett lagen, schlich ich mich wieder runter. Ich fand Dad in seinem Arbeitszimmer, wo er am Schreibtisch saß, den Kopf in die Hände gestützt, von Papierstapeln umgeben.

»Ich dachte, ich versuche mal, zu arbeiten«, sagte er. »Schlafen kann ich sowieso nicht.«

Ich nahm einen Stapel Bücher vom Sessel in der Ecke und rollte mich darin zusammen.

»Wie kommst du mit deinem Buch voran?«, fragte ich. Schlecht, sagte Dad. Dann sagte er noch, das würde jetzt wohl kaum noch eine Rolle spielen.

»Ich schwöre bei Gott, wenn ihnen irgendetwas zustößt …« Seine Stimme zitterte. Er presste die Hände auf die Tischplatte, als könne er sich nur auf diese Weise davon abhalten, alles auf den Boden zu werfen oder jeden einzelnen dieser kostbaren Zettel zu zerreißen.

»Ich weiß«, sagte ich.

»Wenn deiner Mutter oder dem Baby irgendetwas passiert«, sagte er jetzt mit festerer Stimme, »dann werde ich denjenigen finden, der das getan hat, und ihn dafür bezahlen lassen. Ich werde ihn zerfleischen. Ihm den Kopf abhacken …«

»Dad«, sagte ich.

»Das Herz ausreißen und auf seinen Eingeweiden herumtrampeln …«

»Dad, du machst mir Angst!«

Er lief jetzt wie ein Tiger durchs Zimmer und hieb sich die ganze Zeit mit der rechten Faust in die linke Handfläche. Dann blieb er dicht vor mir stehen und sah mich an, als hätte er mich bisher noch gar nicht richtig wahrgenommen.

»Ich werde ihn töten«, sagte er.

Wenn er so ist, kann ich nicht mit ihm reden. Stattdessen habe ich dann mit Flora gesprochen. Als ich reinkam, saß sie auf dem Bett, die Arme um die Knie geschlungen, und starrte auf ihr Handy. Ich setzte mich neben sie, aber sie schaute nicht auf.

»Ich glaube, es war Zachs Mutter«, flüsterte ich.

Sie starrte weiter ihr Handy an.

»Sie muss es gewesen sein«, beharrte ich. »Wer sonst würde so was tun? Sie ist verrückt, Flora. Zoran hat erzählt, dass sie ihre eigene Mutter umgebracht hat.«

»Zachs Oma ist an Krebs gestorben.«

»Du hast sie doch im Park gesehen«, fuhr ich fort. »Weißt du noch? Und ich habe sie auch gesehen, hier vorm Haus, da bin ich ganz sicher. Sie hat uns beobachtet, Flora, sie ist eifersüchtig auf uns und voller Hass.«

»Ich weiß doch gar nicht, ob sie es wirklich war«, sagte Flora tonlos. »Und selbst wenn, muss das noch nichts heißen. Das ist kein Beweis.«

»Flora, Mum liegt im Krankenhaus!«

Endlich hob sie den Blick, und ich sah, dass sie geweint hatte. »Ist denn jetzt noch wichtig, wer es war?«, fragte sie. »Du hast doch gehört, was Dad gesagt hat, es geht ihr gut. Ich will mich nicht schon wieder mit Zach streiten.«

»Also glaubst du auch, dass sie es war!«

Ich wartete ewig auf ihre Antwort.

»Wir müssen etwas unternehmen«, sagte ich dann. »Stell dir vor, sie versucht es noch mal!«

»Ich will nicht darüber reden.«

Sie legte sich hin und zog die Decke über den Kopf. Ich wartete, ob sie vielleicht doch noch was anderes sagen würde, aber als nichts mehr kam, ging ich irgendwann raus.

Ich weiß nicht, was ich tun soll.

Montag, 20. Januar

Ich schreibe das hier auf den Stufen vor Zorans Haus. Keiner von uns ist heute zur Schule gegangen.

Am Morgen war die Polizei bei uns. Zwei Beamte, ein Mann, der sich nicht besonders für uns zu interessieren schien, und eine Frau, die uns immer ›Herzchen‹ nannte. Sie haben gesagt, es täte ihnen leid, uns zu stören, wo wir gerade ganz andere Sorgen hätten, aber sie wollten uns nur ein paar Fragen stellen, und vielleicht würden die jüngeren Kinder solange lieber rausgehen? Es klang aber eher so, als ob eigentlich *sie* es waren, die Jas und Twig nicht dabeihaben wollten.

»Wenn es eine polizeiliche Untersuchung gibt«, sagte Twig, »will ich auf jeden Fall dabei sein.«

»Ich auch«, flüsterte Jas. Bisher hatten sie an der Tür gestanden, aber jetzt griff Jas nach Twigs Hand und führte ihn zum Sofa, wo sie sich zusammen hinsetzten, dicht nebeneinander und ohne sich loszulassen. Die Polizistin lächelte, als fände sie die beiden unglaublich süß. Der Polizist lächelte nicht.

Dad stand an der Tür, schon im Mantel, und wirkte angespannt.

Flora saß in dem roten Sessel, in ihrer tarnfarbenen Schlafanzughose und der alten Strickjacke, die sie immer anzieht, wenn sie irgendwie Kummer hat, und konzentrierte sich vollkommen darauf, die Fragen der Polizisten zu beantworten. Sie schaute mich kein einziges Mal an.

Ich dachte immer wieder, ich muss es ihnen sagen. Mum liegt im Krankenhaus, und ich muss ihnen sagen, was ich weiß. Aber Flora redete die ganze Zeit und sagte, wir hätten keine Ahnung, wer das getan haben könnte, und dann dachte ich, eigentlich hat sie Recht: Etwas zu glauben, ist noch lange kein Beweis. Heute Nacht hatte ich geglaubt, es zu wissen, aber das ist nicht dasselbe. Und je länger Flora redete, desto schwieriger wurde es, überhaupt noch etwas zu sagen.

Unsere Mutter hätte keine Feinde, sagte Flora. Keinem von uns wäre etwas über Auseinandersetzungen oder Zerwürfnisse bekannt, und niemand hätte gesehen, was passiert ist.

Am Ende sagte die Polizistin, sie würden ihr Bestes tun, den Schuldigen zu finden, aber das sähe doch eher nach einer Zufallstat aus und der Angreifer sei sicher schwer zu fassen, es sei denn, er würde erneut zuschlagen. Sie sagte, jemand von der Opferhilfe würde sich bei uns melden, um uns Unterstützung anzubieten. Darauf sagte Dad, das sei sehr nett, aber die Einzigen, die im Moment Unterstützung bräuchten, seien seine Frau und ihr ungeborenes Kind, und dann verließ er fast schon rennend das Haus und fuhr zum Krankenhaus.

Jas fing wieder an zu weinen.

Ich liebe Dad, aber es wäre schön, wenn er mit Krisen etwas besser umgehen könnte.

Nachdem Dad und die Polizisten gegangen waren, wartete ich darauf, dass Flora etwas zu mir sagen würde, aber sie tat es immer noch nicht. Und dann dachte ich irgendwann, mir doch egal, was sie denkt, und bin hierhergekommen. Aber Zoran ist nicht da. Inzwischen ist es halb eins und ich sitze schon seit fast einer Stunde vor seiner Tür. Ein Glück, dass das Wetter wieder mild und sonnig geworden ist. Vor Zorans Haus steht so ein großer Baum, und die Eichhörnchen darin drehen gerade völlig durch und jagen sich gegenseitig immer um den Stamm. Ein Rotkehlchen gibt es auch, das herumhüpft und zwitschert, und eine fette, alte getigerte Katze liegt dösend auf der Mauer in der Sonne. Ist doch eigentlich unglaublich, dass dies alles hier passiert, während Mum im Krankenhaus liegt.

Eben ist Zoran in die Straße eingebogen, und ich muss aufhören.

Stattdessen balle ich wieder die Fäuste.

Montag, 20. Januar (später)

Jetzt liege ich im Bett. Dad hat vorhin aus dem Krankenhaus angerufen. Mum und dem Baby geht es gut, aber die Ärzte wollen sie sicherheitshalber noch ein paar Tage dabehalten. Er hat erklärt, sie hätte sehr hohen Blutdruck gehabt, deshalb hätten die Ärzte befürchtet, sie könne etwas haben, das Präeklampsie heißt. Hat sie aber nicht, und das ist auch gut so, denn wir haben das Wort bei Google nachgeguckt und das Einzige, was man dagegen tun kann, ist, die Geburt einzuleiten, und dabei könnte das Baby sterben, weil es ja noch so klein ist.

»Ich will nicht, dass das Baby stirbt.« Jas fing an zu weinen, und Twig sah aus, als würde er das auch gleich tun.

»Hier stirbt überhaupt niemand«, sagte ich.

»Und wenn das noch mal passiert?«, jammerte Jas. »Wenn ein Mörder sie verfolgt? Wenn jemand versucht, sie umzubringen?«

Die Jas, die in vollem Galopp über Hindernisse springt und vor einem Riesenpublikum Gedichte vorträgt, ist komplett verschwunden.

»Niemand verfolgt uns«, sagte ich, aber was, wenn das gar nicht stimmt?

Zoran hat heute Morgen Mr Rudowski besucht. Dort war er nämlich, während ich auf den Stufen vor seinem Haus gewartet habe, und deshalb hat er heute Morgen auch nicht angerufen, wie er eigentlich wollte.

»Wo ist Zach?«, fragte ich. Zoran sagte, er sei in der Schule. Er meinte, es sei wichtig, so viel Normalität wie möglich aufrechtzuerhalten.

»Was gibt's Neues von Cassie und dem Baby?«, fragte er. Ich gab keine Antwort.

»Die Polizei war da«, sagte ich stattdessen. »Wo wir gerade von Normalität sprechen.«

Zoran suchte nach seinen Schlüsseln und sah mich nicht an.

»Was haben sie gesagt?«, fragte er.

»Sie wollten wissen, ob Mum Feinde hat. Flora hat Nein gesagt. Ich wollte Ja sagen, aber ich konnte es nicht, weil ich mir nicht sicher war.«

»Worüber warst du dir nicht sicher?«

»Ob Mum Feinde hat.« Und dann wusste ich nicht, wie ich sagen sollte, was ich sagen wollte, und dann waren wir auch schon am oberen Ende der Treppe angekommen und gingen in Zorans Wohnung, und ich fragte mich, was Grandma oder Dodi an meiner

Stelle tun würden, und dann platzte ich einfach heraus: »War das Zachs Mutter?«

Wenn man nicht weiß, wie man etwas machen soll, ist es manchmal ein guter Trick, sich vorzustellen, man wäre jemand anderes.

Zoran seufzte und sagte, ja, das nähme er an.

Ich wusste nicht, was ich darauf sagen sollte, und Zoran offenbar auch nicht, denn er stand einfach da, an die Wand gelehnt, die Arme verschränkt, und starrte mit gerunzelter Stirn auf den Boden.

»Kurz vor Jas' Auftritt war sie plötzlich wieder da«, sagte er schließlich. »Als wir aus dem Haus kamen, wartete sie schon auf uns. Sie war völlig durch den Wind. Sie kam gerade von einem Besuch bei ihrem Vater in der Klinik und hatte sich mit ihm gestritten.«

»Worüber denn?«

Zoran antwortete, das hätte Wanda nicht gesagt, aber Mr Rudowski hätte ihm heute Morgen erzählt, es sei um Geld gegangen. Mr Rudowski hätte mehr oder weniger deutlich gesagt, Wanda sei pleite und wollte sich holen, was vor seinem Tod noch zu holen sei.

»Wie schrecklich«, sagte ich, und Zoran nickte und sagte, nichts würde so zuverlässig das Schlimmste in den Menschen zum Vorschein bringen wie der bevorstehende Tod eines nahen Angehörigen.

»Aber wenn es ihr nur ums Geld ging, warum hat sie dann auch Zach besucht?«

Zorans Miene wurde einen Moment lang etwas sanfter. »Er ist ihr Sohn, Blue.«

»Aber sie ist doch immer so gemein zu ihm.«

»Ich habe ja nicht gesagt, dass ihr Verhalten logisch ist. Ich habe nur gesagt, er ist ihr Sohn. Sie ist zwar krank, aber sie liebt ihn noch. Und er liebt sie auch. Er war so rührend mit ihr, Blue. Hat sie in den Arm genommen und versucht, sie zu beruhigen. Sie war vollkommen hysterisch und hat ständig wiederholt, ihr Vater hätte sie zum zweiten Mal verstoßen – kein Wort über das Geld, natürlich. Zach hat gesagt, er könne Jas nicht im Stich lassen, und sie gefragt, ob sie nicht mitkommen will. Er hat gesagt, dass er das ganz toll fände. Er hat mich sogar gefragt, ob sie bei uns übernachten könne.«

»Aber sie ist nicht mitgekommen.«

»Natürlich nicht. Sie hat nur angefangen zu jammern, Zach hätte sie nicht mehr lieb, sie hätte alles verloren und er und ihr Vater wären an allem schuld. Und dann ist sie uns offenbar gefolgt und hat draußen gewartet, bis wir rauskamen. Und was dann passiert ist, weißt du selbst.«

Zoran hat gesagt, eigentlich hätte er es Dad schon gestern Nacht erzählen wollen, aber Zach hätte ihn angefleht, das nicht zu tun, und in Anbetracht dessen, was Zach gerade durchmacht und was er für Jas getan hat, hätte er eingewilligt, noch zu warten. Und heute Morgen hätte er sich dann entschlossen, mit Mr Rudowski zu sprechen.

»Und was hat der gesagt?«, fragte ich.

»Er hat mich angefleht, nicht zur Polizei zu gehen.«

»Aber ihretwegen liegt Mum im Krankenhaus! Ist ihm das völlig egal?«

»Sie ist seine Tochter«, sagte Zoran sanft. »Und was soll die Polizei denn überhaupt tun?«

»Sie verhaften!«

»Sie braucht medizinische Hilfe, Blue.«

»Aber was ist mit Mum? Was, wenn Wanda zurückkommt und sie ein zweites Mal angreift?«

Zoran hat gesagt, er würde nach ihr suchen. Er würde niemals zulassen, dass einem von uns etwas Schlimmes zustößt, und deshalb hätte es für ihn jetzt oberste Priorität, dafür zu sorgen, dass Wanda endlich die ärztliche Hilfe bekommt, die sie braucht.

»Wir müssen es Dad erzählen«, sagte ich.

Zoran zögerte. »Wenn du unbedingt willst.«

»Natürlich will ich das! Warum sollten wir es ihm nicht erzählen?«

»Er hat ohnehin schon ziemlich viel um die Ohren. Außerdem reagiert auch David gern mal ein bisschen … irrational. Ich dachte, wir könnten vielleicht noch etwas warten. Zach zuliebe.«

Ich dachte daran, wie Dad sich letzte Nacht aufgeführt hatte, wie wütend er gewesen war.

»Ist das immer so«, fragte ich, »dass man, wenn man zu einem Menschen hält, automatisch einen anderen im Stich lässt?«

Zoran antwortete, manchmal wäre das so, aber nicht immer.

»Flora weiß es auch«, erzählte ich ihm noch. »Aber sie will es nicht zugeben. Sie sagt, ich bilde mir das alles nur ein, aber eigentlich hat sie bloß Angst, dass Zach wieder sauer wird.«

»Lass mich jetzt erst mal Wanda finden«, sagte Zoran.

Jas schläft heute Nacht bei Twig. Als ich aus dem Badezimmer zurückkam, bin ich noch kurz zu Flora reingegangen. Sie hat mich nicht gefragt, wo ich heute Nachmittag war, und ich habe es ihr auch nicht erzählt.

Dienstag, 21. Januar

Heute waren wir im Krankenhaus. Mum liegt mit vier anderen Frauen auf einem Zimmer. Von ihrem Fenster aus sieht man die Bahngleise, und ihr Bett ist mit Vorhängen von den anderen abgetrennt. Sie sagt, das wäre supergemütlich und die Frauen würden miteinander plaudern und sich Geschichten erzählen, aber sie wirkt erschöpft.

Vielleicht hat Flora ein schlechtes Gewissen, wegen ihres Schweigens, jedenfalls ist sie die ganze Zeit in Mums Kabine herumgeflitzt, hat die Blumen arrangiert, die Kissen aufgeschüttelt und ihr die Suppe eingeflößt, die sie von zu Hause in einer Thermoskanne mitgebracht hat, wie diese Krankenschwestern in alten Schwarz-Weiß-Filmen, die wie Nonnen aussehen.

Ich habe Mum aus *Jane Eyre* vorgelesen.

Twig hat uns von den Zügen erzählt, die er vom Fenster aus sehen konnte.

Jas saß auf dem Boden, weil es zu wenig Stühle gab, hielt ihre Knie umklammert und starrte trübselig vor sich hin. Als ich zu der Stelle kam, wo Jane über das Moor irrt, ganz allein und ohne jede Hoffnung, fing sie an zu schniefen. Twig musterte sie erstaunt.

»Weinst du etwa wegen dem Buch?«, fragte er. »So was Bescheuertes habe ich, glaube ich, noch nie gehört.«

»Du bist eben völlig unkultiviert«, sagte ich zu ihm.

»Nicht streiten«, murmelte Flora und Jas heulte noch lauter.

Ich fragte sie, ob sie wirklich wegen Jane Eyre weinte, und sie schluchzte einmal sehr laut auf und schrie NEIN, NATÜRLICH NICHT, und dann warf sie sich auf Mums Bett und rief MUMMY MUMMY MUMMY und alles wäre ihre Schuld. Mum sagte, nein

nein nein, natürlich nicht, und Jas sagte, doch doch doch, wäre es wohl, bis eine Krankenschwester vorbeikam, die uns dann alle rauswarf, mit den Worten, wenn wir so weitermachten, würden wir unsere Mutter noch ins Grab bringen, was nicht gerade hilfreich war.

Jake ist heute Nachmittag vorbeigekommen. Plötzlich stand er auf der Schwelle, mit einer ganzen Tüte voll Schokolade, und bevor ich auch nur den Mund aufmachen konnte, sagte er schon, »Tut mir echt leid, das mit deiner Mutter«, und ich ließ ihn rein. Ich wusste nicht so recht, was ich mit ihm machen sollte, deshalb setzten wir uns auf die Treppe und aßen Schokolade und ich erzählte ihm alles, was ich erzählen konnte, was nicht allzu viel war.

»Das war echt ein super Abend«, sagte Jake. »Also, bis zu der Sache mit dem Stein und so. Aber Jas und das Gedicht und Floras Freund, das war echt toll.«

Ich musste wider Willen lächeln. Jake hat es nicht so mit Worten, aber ich weiß immer, was er meint, und er hatte Recht. Jas und das Gedicht und Zach waren wirklich toll. Aber dann wünschte ich mir gleich wieder, ich hätte nicht gelächelt, weil er mein Lächeln offenbar falsch deutete und mich hoffnungsvoll ansah.

»Ich mag dich wirklich gern, Blue«, sagte er.

Mir fiel partout nichts ein, was ich darauf hätte sagen können. Ich konnte immer nur an Mum denken und daran, wie sie heute Nachmittag ausgesehen hatte, und wie Jas MUMMY MUMMY MUMMY geschrien hatte, als die Krankenschwester uns aus dem Zimmer schob.

»Das mit Tallulah tut mir echt leid«, fuhr Jake fort. »Ich weiß auch nicht, was ich mir dabei gedacht habe. Ich glaube, bei der Erinnerung an den Strand und ans Surfen und so habe ich irgendwie einen Rappel gekriegt. So, als wäre das Leben hier in England gar nicht das richtige Leben, verstehst du?«

Er schien sich selbst so leidzutun, dass ich auch fast Mitleid mit ihm bekam. Manche Dinge an Jake mag ich wirklich gern, aber er hätte sich keinen schlechteren Moment aussuchen können, um philosophisch zu werden.

»Können wir es nicht noch mal versuchen?«, fragte er. »Du bist eine von meinen besten Freunden, Blue, und ich finde es bescheuert, dass wir nicht mehr miteinander reden.«

»Du bist auch einer meiner besten Freunde, Jake«, sagte ich, und er strahlte.

»Das mit dem Milchshake war echt krass«, sagte er. »Ich meine, du hast mir zwar den Pulli versaut und alles, aber wie du das einfach so gemacht hast, das war schon irre. Als wäre dir völlig egal, was ich denke.«

Jungs sind echt komisch.

»Sind wir dann jetzt wieder zusammen und so?«, fragte Jake. Ich erwiderte, ich hätte nur gesagt, er sei einer meiner besten Freunde, und er sagte, klar, ich weiß, aber das ist doch schon mal was, oder?

Ich nehme an, es gibt schon genügend unglückliche Menschen auf der Welt. Warum sollte man ihre Zahl unnötigerweise noch erhöhen? Und vielleicht wäre es ja wirklich ganz schön, wieder mit Jake zu gehen. Vielleicht klappt es ja diesmal, wenn ich nicht zu viel von ihm erwarte.

»Ich überleg's mir noch mal«, sagte ich.

Das fand Jake echt super.

»Du solltest jetzt lieber gehen«, sagte ich. Jake sagte Okay und fragte, ob ich morgen wieder zur Schule kommen würde. Er beugte sich zu mir rüber, aber ich wich ihm aus. Ich bin gerade wirklich nicht in Stimmung für weitere Kuss-Übungen.

»Die Schokolade kannst du hierlassen«, sagte ich, als er nach der Tüte greifen wollte.

Flora meint, ich mache einen großen Fehler. Sobald Jake aus der Tür war, stürzte sie sich wie ein Geier vom Treppenabsatz herunter auf die Schokolade. Sie hatte jedes unserer Worte belauscht. Sie sagt, Jungs muss man immer ganz genau klarmachen, wo ihr Platz ist, sonst handelt man sich bloß Ärger ein. Sie sagt, auf lange Sicht ist es manchmal netter, grausam zu sein.

Sie hat immer noch kein Wort über Zachs Mutter gesagt.

Mittwoch, 22. Januar

Jas verkündete heute Morgen, sie hätte die ganze Nacht Albträume gehabt.

»Das stimmt«, sagte Twig. »Sie ist wieder rübergekommen und hat bei mir geschlafen.«

Ich funkelte Flora wütend an. Sie schaute weg.

Ich habe Zoran gestern Abend angerufen, aber von Wanda gibt es noch nichts Neues.

Auf dem Heimweg von der Schule hat Dodi heute noch mal gesagt, dass sie es leid ist, Nachrichten auf unserem Anrufbeantworter zu hinterlassen, auf die nie jemand reagiert.

»Entweder du kaufst dir ein neues Handy«, sagte sie, »oder wir holen uns das alte von Madame Gilbert zurück.«

»Madame Gilbert kann mich nicht leiden«, sagte ich, und dann schaltete ich einfach ab, weil Dodi wieder damit anfing, sie hätte gestern Abend angerufen, um mit mir über Jake zu reden, und ich gerade überhaupt keine Lust auf das Thema hatte. Vielleicht hatte Flora doch Recht, als sie meinte, ich müsse klarere Ansagen machen. Heute Morgen klemmte wieder eine Rose an meinem Schließfach, und in Mathe hat Jake mir eine Zeichnung von einem kleinen Hund geschenkt, der hoffnungsvoll mit dem Schwanz wedelt. Ich hatte ganz vergessen, dass Jake so gut zeichnen kann, aber mal ehrlich, ein kleiner Hund?

»Du hörst mir ja gar nicht zu«, sagte Dodi. Sie musterte mich scharf, fast so wie Grandma, und sagte dann: »Jetzt erzähl schon.«

»Ich weiß gar nicht, ob ich das darf.«

»Ach komm, hör auf!«, schnaubte sie.

»Ich kann schon verstehen, dass Flora sich nicht noch mal mit Zach anlegen will«, räumte sie ein, als ich fertig war. Inzwischen waren wir bei mir zu Hause und unterhielten uns im Flüsterton, während wir unseren Tee in mein Zimmer rauftrugen. »Wie's aussieht, nimmt er seine Mutter immer ziemlich in Schutz. Und wenn es deiner Mutter wieder gut geht, dann ...«

»Ich finde das nicht richtig«, sagte ich. »Das ist so, als würde sie mehr zu Zach halten als zu Mum. Und was, wenn Zachs Mutter das noch mal macht? Zoran sagt, dass er nach ihr sucht, aber bisher hat er sie nicht gefunden. Wir müssen es der Polizei erzählen.«

Dodi flüsterte, ich hätte vermutlich Recht. Und weil sie nie lange ernst sein kann, knuffte sie mich plötzlich in die Seite, so dass ich fast meinen Tee verschüttete.

»Eins muss man Jake lassen«, sagte sie grinsend. »Als Freund taugt er vielleicht nicht viel, aber zumindest ist seine Mutter keine gesuchte Verbrecherin. Ein bisschen langweilig vielleicht, aber eindeutig nicht der Typ, der mit Steinen wirft.«

»Das ist überhaupt nicht lustig«, sagte ich zu ihr, aber Dodi knuffte mich erneut und ich musste lächeln. »Und ein besonders überzeugendes Argument für ihn als Freund ist es auch nicht, oder?«, sagte ich, und sie gab zu, allein die Tatsache, dass Jakes Mutter nicht mit Steinen auf andere Leute warf, sei noch kein ausreichender Grund, mit ihm zu gehen. Und dann betraten wir mein Zimmer und Dodi fuhr so heftig zurück, dass diesmal der Tee über den ganzen Teppich spritzte, und dann brüllte sie »WAS MACHST DU DENN DA?«, womit sie Jas meinte, die wie eine kleine, zornige Kugel auf meinem Bett stand, mit meinem aufgeschlagenen Tagebuch herumwedelte und dabei schrie, »Du hast es gewusst! Du hast es gewusst und nichts gesagt!«

»Gib mein Tagebuch her!«, rief ich, aber sie wich an die Wand zurück und versteckte es hinter ihrem Rücken.

»Ich habe euch gehört!«, schrie sie. »Du hast mit *Dodi* darüber gesprochen!«

»Reg dich ab, du Zwerg«, sagte Dodi. »Ich bin ihre beste Freundin.«

»Das erzähle ich Daddy!«, schrie Jas. Sie rannte zur Tür, aber Dodi fing sie auf halbem Weg ab. Jas versuchte sie zu beißen, aber Dodi ist überraschend stark.

»Dad ist im Krankenhaus.« Ich versuchte ganz ruhig zu bleiben, obwohl ich zitterte.

»Dann rufe ich ihn an!«, rief Jas. »Ich laufe weg! Ich erzähle es der Polizei!«

»*Was* willst du der Polizei erzählen?« Flora kam ins Zimmer. »Warum hält Dodi Jas fest? Und wieso schreit Jas so rum? Was zum Teufel ist hier los?«

»Sie kommt bestimmt noch mal wieder«, behauptete Jas. »Steht hier alles in Blues Tagebuch. Sie ist verrückt und sie hasst Mum, und Zoran kann sie auch nicht daran hindern!«

»Worum geht es hier eigentlich?«, fragte Flora erneut.

»Sie hat ihre eigene Mutter umgebracht«, heulte Jas. »Und jetzt will sie unsere umbringen.«

Flora sah mich an. Ich zuckte die Achseln und sagte zu Jas, sie solle Flora mein Tagebuch geben.

Es war seltsam, Flora beim Lesen zu beobachten. Es sah aus, als würde sie aufhören zu atmen, so dass sie immer mehr in sich zusammensackte, wie ein Ballon, aus dem man die Luft ablässt.

»Warum hast du mir nicht erzählt, dass du mit Zoran gesprochen hast?«, fragte sie mich, als sie fertig war.

»Du wolltest es nicht hören«, sagte ich.

»Ich habe solche Angst, Flora«, sagte Jas.

Und auch wenn Flora vielleicht nicht immer so genau weiß, zu wem sie halten soll, sie bleibt doch unsere große Schwester. Sie fing wieder an zu atmen und hielt Jas ihre Hand hin.

»Komm mit«, sagte sie. »Ich glaube, es wird Zeit, dass wir uns mal mit Zach unterhalten.«

Mittwoch, 22. Januar (viel später)

Ich bin so müde, dass ich kaum noch den Stift halten kann.

Dodi ist auf dem Weg zu Zoran nach Hause abgebogen. Sie ist vielleicht nicht die Taktvollste, aber selbst ihr war klar, dass sie nur stören würde. Flora marschierte schweigend die Straße entlang, Jas immer noch an der Hand. Ich weiß nicht, was ihr durch den Kopf ging, aber mit jedem Schritt schien sie wütender zu werden.

»Ich bin's«, blaffte Flora in die Gegensprechanlage, als Zoran sich meldete, und stampfte dann die Stufen hinauf. Zoran erwartete uns auf dem Treppenabsatz. Er begrüßte uns nicht einmal, sondern trat nach einem kurzen Blick auf Flora einfach beiseite und ließ uns rein. Flora rannte direkt ins Wohnzimmer.

»Du bleibst bei Blue«, befahl sie Jas, die Floras Hand losließ und stattdessen meine ergriff.

So, wie Flora da ins Zimmer stürmte, dachte ich, sie würde rumbrüllen und solche Sachen machen, wie Dad sie machen wollte, das mit dem Rausreißen und Abhacken und darauf Herumtrampeln. Sie sah aus wie eine Kriegerkönigin, die gleich die einfallenden Horden zerstückelt, aber dann wandte sich Zach, der am Fenster stand, zu ihr um, und sie erstarrte mitten in der Bewegung.

Zach sieht furchtbar aus. Nicht nur so ein bisschen traurig oder besorgt oder deprimiert, sondern richtig schrecklich. Die Ringe unter seinen Augen sind fast schwarz, die Augen selbst noch dunkler als sonst, und seine Haut ist so blass, dass er aussieht wie eine Leiche. Er konnte einem fast ein bisschen Angst machen, und ich weiß, dass Jas das auch so empfand, denn sie schob sich plötzlich ganz dicht an mich heran, aber auf Flora hatte er eine ganz andere Wirkung.

Flora schnappte entsetzt nach Luft, eilte dann mit ausgestreckten Armen auf ihn zu und rief, »Mein Süßer, was ist denn mit dir passiert?«

»Es tut mir leid«, sagte Zach. »Zoran hat mir erzählt, dass du es weißt. Es tut mir so furchtbar leid, was sie getan hat. Ich hätte etwas sagen sollen.«

»Nein, ich hätte etwas sagen sollen!«, rief Flora. »Ich habe es geahnt, aber ich wollte mich nicht wieder mit dir streiten. Ich hätte dich nicht damit allein lassen dürfen.«

Dann umschlang sie ihn mit beiden Armen und bedeckte sein Gesicht mit Küssen.

»Sie kann nichts dafür«, sagte Zach, als Flora ihn endlich wieder zu Atem kommen ließ und wir alle um Zorans winzigen Couchtisch herumsaßen. »Sie ist halt unglaublich eifersüchtig. Ich hätte es wissen müssen.«

»Aber du kannst auch nichts dafür!«, rief Flora. Sie fing wieder an ihn zu küssen.

Ich blickte zu Zoran hinüber, der die Stirn runzelte und ein besorgtes Gesicht machte. Jas rückte noch näher an mich heran und flüsterte, »Frag ihn, wo sie jetzt ist«, aber ich wollte erst noch etwas anderes wissen.

»Wenn sie so eifersüchtig ist, warum ist sie dann fortgegangen?«, fragte ich. »Damals, meine ich, nicht neulich, nach Weihnachten.«

»Lass ihn in Ruhe, Blue«, sagte Flora.

»Die Frage ist berechtigt«, murmelte Zoran.

»Wegen Grandpa«, sagte Zach. »Wegen des Streits, den sie hatten, nachdem Grandma gestorben war. Er hat ihr keine andere Wahl gelassen. Sie macht zwar manchmal verrückte Sachen, aber sie ist kein schlechter Mensch. Und sie wusste ja, dass Grandpa für mich sorgt. Wenn ich Grandpa nicht gehabt hätte, wäre sie auch nicht einfach fortgegangen.«

Ich musste an Grandma denken. Als wir einmal bei ihr zu Besuch waren, ist der Tierarzt gekommen, um sich eins ihrer Ponys anzusehen, das lahmte. Er hat gesagt, das Pony müsse eingeschläfert werden. »Wir haben keine andere Wahl« waren seine Worte, aber Grandma hat das Pony dann doch wieder gesund gepflegt. Jetzt kann zwar keiner mehr auf ihm reiten, aber Grandma sagt,

Hauptsache, es ist glücklich und kann friedlich auf ihrer Weide grasen.

»Man hat immer eine Wahl«, hat Grandma gesagt.

Und genau dasselbe dachte ich in dem Moment auch, habe es aber nicht gesagt.

Jas zupfte mich am Ärmel. Ich suchte Floras Blick. Sie nickte mir zu, als wollte sie sagen, »Mach du es«, und verschränkte ihre Finger mit denen von Zach.

So viel zum Thema fürsorgliche große Schwester.

»Der Grund, warum wir hier sind«, sagte ich, »ist der, dass Jas sich Sorgen macht …«

»Nicht nur ich«, sagte Jas.

»… dass wir *alle* uns Sorgen machen, Wanda, also ich meine, deine Mutter, könnte *unsere* Mutter noch ein zweites Mal angreifen.«

»Du wirst sie doch finden, Zach, oder?«, sagte Flora.

»Bisher hat er sie nicht gefunden«, wandte ich ein.

»Aber er wird«, erwiderte sie.

Zoran ging vor Jas in die Hocke. »Ich gebe dir mein Wort, dass nichts Schlimmes mehr passieren wird«, sagte er. »Aber wenn du dich dann sicherer fühlst, können wir auch zu deinem Vater gehen und ihm alles erzählen. Sollen wir das tun?«

»Und die Polizei rufen?«, sagte Jas.

»Wenn er das für richtig hält, ja.« Zoran schaute zu Zach hinüber. »Tut mir leid, aber das Spiel hat jetzt lange genug gedauert«, sagte er. »Auch wenn Cassie und das Baby außer Gefahr sind, ich werde nicht zulassen, dass Jas in ständiger Angst lebt.«

Als wir zurückkamen, fühlte sich das Haus irgendwie anders an. Dad hatte die Heizung hochgedreht und auf dem Flurtisch stand ein großer Blumenstrauß. »Mummys Blumen aus dem Krankenhaus!«, rief Jas. »Sie ist wieder da!«

Sie rannte nach oben, gefolgt von Flora und mir. Mum lag im Bett und wirkte müde, aber glücklich, in ihrem alten rosa Nachthemd, mit einer Tasse Tee und einem Teller Plätzchen auf einem Tablett, und umringt von Twig, Ron und Hermine. Dad stand freudestrahlend daneben, eine Schürze umgebunden, und hatte überraschende Ähnlichkeit mit einer alten Glucke.

»Dir geht's wieder besser!« Jas warf sich aufs Bett. Mum lachte und zog sie an sich.

Ich hatte mir schon gedacht, dass Dad die Sache nicht gut aufnehmen würde. Nachdem wir alle Mum umarmt hatten, sagte Flora, Zach und Zoran würden unten warten. Mum sagte, sie sollten raufkommen. »Die beiden gehören schließlich auch zur Familie«, sagte sie. Zach und Zoran traten ein, beide ziemlich nervös, und Zoran übernahm die Erklärung.

»Es tut mir leid«, sagte er dann. »Ich hätte schon früher etwas sagen sollen. Es war nur ... alles sehr schwierig.«

Mum legte ihm die Hand auf den Arm. »Mein lieber Zoran, du erzählst mir nichts, was ich nicht längst geahnt habe.«

Meine Mutter ist wirklich erstaunlich.

Zoran legte die Stirn auf ihre Hand und murmelte, »Danke.«

»Das Wichtigste ist jetzt, dass sie gefunden wird.« Mum streckte die Hand nach Zach aus. »Mein armer Junge, du siehst völlig erschöpft aus.«

Und hier hätte das Ganze enden können, hätte Dad nicht »Nein« gebrüllt.

Alle wandten sich zu ihm um. »Nein, nein, nein!«, wiederholte er. »Ihr wusstet alle Bescheid und habt nichts gesagt? Blue wusste es und Flora und Zoran und du auch, aber keiner ist auf die Idee gekommen, es mir zu erzählen? Ich war tagelang völlig außer mir vor Sorge, vor Sorge um die Sicherheit meiner Familie, und KEINER IST AUF DIE IDEE GEKOMMEN, ES MIR ZU SAGEN? Ich hole jetzt die Polizei.«

»Nein, David.« Mum wiederholte, was Zoran auch schon zu mir gesagt hatte, nämlich, dass das zwecklos war.

Jas wimmerte leise. »Hab keine Angst«, flüsterte ich ihr zu. »Du siehst doch, Mum hat auch keine.«

»Ich wusste, dass du so reagieren würdest«, sagte Mum zu Dad. »Deshalb habe ich es dir nicht erzählt. Du hast dir auch so schon genug Sorgen gemacht.«

»So ging's mir auch«, sagte ich. »Entschuldige, Daddy.«

»Und ich dachte, dann verbietest du mir bestimmt den Umgang mit Zach«, sagte Flora.

Zach machte zum ersten Mal den Mund auf und sagte, »Es tut mir sehr, sehr leid, Mr Gadsby.«

Aber Flora sollte inzwischen gelernt haben, dass man Dad nicht auch noch auf Ideen bringen darf. Sein Blick wanderte von Flora zu Zach und wieder zurück, und dann sagte er, »Tja, da hast du ganz recht, genau das werde ich tun. Ihr beide dürft euch ab jetzt nicht mehr sehen.«

Mum sagte, »Aber David, das ist doch nun wirklich nicht fair«, und Dad sagte, ob fair oder nicht wäre ihm völlig egal und ob er hier der Einzige sei, der den Ernst der Lage erkannte. »Diese Frau läuft schließlich immer noch frei herum«, sagte er, ohne zu bemerken, wie unangenehm Zach das war. »Und sie ist eine Gefahr für meine Familie.«

»Aber daran ist Zach doch nicht schuld!«, protestierte Flora.

»Mir egal«, brüllte Dad.

»Daddy!«

»Er hat Recht, Flora«, sagte Zach. Er war, wenn das überhaupt möglich war, sogar noch blasser als zuvor.

»Aber du kannst doch wirklich nichts dafür«, wiederholte Flora. Dann straffte sie die Schultern und baute sich vor Dad auf. »Du kannst mich nicht davon abhalten! Ich bin siebzehn und …«

Dad hob die Hand, um sie zum Schweigen zu bringen. »Zach, du bist ein Gentleman«, sagte er. »Und jetzt werde ich einen kleinen Spaziergang machen, wenn ihr nichts dagegen habt.«

Er nahm eine würdevolle Haltung ein und verließ das Zimmer. Ich schlüpfte hinter ihm durch die Tür und fragte, ob ich ihm Gesellschaft leisten solle, aber er sagte, immer noch sehr würdevoll, er wolle alleine sein. Dann stieg er hoch erhobenen Hauptes die Treppe hinunter. Unten im Flur zog er Mantel und Schal an und setzte seinen alten Filzhut auf. Dann zog er die Pantoffeln aus und schlüpfte in seine Schuhe.

»ARRRRRRRRRRRRRRGGGGGGGGGGGGGG!«

Das ganze Haus erbebte unter seinem Schrei, ich schwör's, und die darauf folgenden Flüche hätten einen Seeräuber erröten lassen.

Offenbar hatte Ron seine Schuhe wieder als Toilette benutzt.

»Diese verfluchten Scheißkatzen!«, brüllte Dad, riss sich die Schuhe von den Füßen und schleuderte sie auf die Straße hinaus. Dann rannte er in den Keller, um sich frische Socken zu holen, stürmte wieder nach oben, zog saubere Socken und Schuhe an und lief türenknallend aus dem Haus.

Das Abendessen verlief schweigend. Dad hat Nudeln mit einem Glas Puttanesca-Soße gekocht, und sogar Jas, die Oliven nicht ausstehen kann, hat alles, ohne zu meckern, aufgegessen. Mum blieb im Bett. Flora blieb in ihrem Zimmer. Ron und Hermine blieben im Schuppen.

Freitag, 24. Januar

Flora hat heute die Schule geschwänzt, um sich mit Zach zu treffen. Gestern Abend hat er ziemlich spät noch angerufen, um zu fragen, ob das ginge, und sie hat mich gebeten, sie in der Schule zu entschuldigen. Sie hat gesagt ich solle keine Fragen stellen, aber seit Mittwoch hätte sich einiges geändert, und sie wirkte dabei so ernst, wie ich sie noch nie erlebt habe. Heute Morgen sind wir dann wie üblich zusammen aus dem Haus gegangen, aber nachdem wir Jas und Twig in ihrer Schule abgeliefert hatten, trennten sich unsere Wege.

Ich ging ins Sekretariat, um Flora krankzumelden, und sie marschierte los, um den Tag mit Zach und seiner Mutter zu verbringen.

Heute Nachmittag, als sie zurückkam, hat sie mir alles erzählt.

Gestern Abend hatte sich Zachs Mutter nämlich endlich bei ihm gemeldet. Sie wollte sich mit ihm treffen und er dachte, es wäre vielleicht gut, wenn Flora mitkäme.

Flora fragte, »Aber was, wenn sie auf mich losgeht?«, und Zach meinte, das würde nicht passieren und er wolle seiner Mutter zeigen, wie toll Flora ist.

»Wenn sie dich erst mal kennenlernt, mag sie dich bestimmt«, sagte Zach.

»Das ist aber ziemlich naiv«, sagte ich, und Flora sagte, das stimmt, aber sie ist trotzdem hingegangen.

Sie haben sich an der U-Bahn-Station getroffen und sind dann Hand in Hand zum Fluss hinuntergegangen. »Weiß sie, dass ich mitkomme?«, hat Flora gefragt, und Zach hat gesagt, »Na klar, und sie fand die Idee total gut.«

Das Wetter war herrlich und sie liefen durch einen kleinen Park und an ein paar Pubs vorbei und an einem Hausboot mit einem Hund auf dem Dach und einer Frau, die Topfpflanzen goss, und es war alles sehr hübsch, aber Flora konnte es gar nicht genießen, weil sie viel zu nervös war. Sie bogen in eine schmale Gasse ein, mit Häusern auf der einen und Gärten auf der anderen Seite, die bis zum Fluss reichten, und Zach blieb schließlich vor einem großen Haus stehen, dessen schwarz-weiße Marmorstufen zu einer dunkelroten Tür hinaufführten, und sagte, »Tja, hier wohne ich, das ist das Haus meiner Großeltern.«

»Und wie war das?«, fragte ich.

»Das Haus? Alt, ein bisschen wie im Museum. Alte Möbel, alte Bücher und eine Küche, die mich an die von Grandma erinnert hat, nur nicht ganz so groß. Haufenweise Fotos von Zach und seiner Oma. Nur eins von ihm und Wanda. Aber wir sind nicht lange geblieben. Zach hat nach seiner Mutter gerufen, und als sie nicht geantwortet hat, meinte er, sie sei vielleicht draußen, und dann sind wir über die Straße in den Garten gegangen.«

In den Garten zu gehen, erzählte Flora, wäre so gewesen, als würde man eine andere Welt betreten. Sie haben die große rote Haustür hinter sich zugezogen, sind die schwarz-weißen Stufen wieder hinuntergestiegen, haben die schmale Straße überquert und das Eisentor in einer hohen Hecke geöffnet. Flora sagt, es hätte sich angefühlt, als käme man nach Narnia oder so, und selbst die Geräusche der Stadt wären kaum noch zu hören gewesen. Es gab eine große Rasenfläche mit einer alten Steinbank und einer Trauerweide, und am anderen Ende verlief eine niedrige Mauer mit noch einem Tor darin, das auf einen schwimmenden Steg führte, und auf diesem Steg stand ein kleiner Tisch mit lauter leckeren Sachen, ein Eiskübel mit einer Flasche Champagner und Gläser und Tassen und Teller und eine Thermoskanne Kaffee. Im Hintergrund spielte Jazzmusik und ein kleiner Eimergrill war aufgebaut, und es gab Kuchen und Croissants und Gebäck und roch nach Bratwurst.

»Überraschung!« Zachs Mutter tauchte plötzlich hinter den Zweigen der Trauerweide auf. Zach fing an zu lachen und Flora versuchte, sie nicht anzustarren.

Wanda hatte sich für dieses Picknick wie eine Dame der Gesellschaft aus den 1920er-Jahren gekleidet, mit Glockenhut und einem weiten Mantel mit Pelzkragen, darunter ein Charlestonkleid, graue Knopfstiefeletten und passende Handschuhe. Sie drehte eine Pirouette, um sich ihnen zu präsentieren.

»Gefällt es euch?«, fragte sie. »Für euch habe ich auch was mitgebracht. Ich dachte, wir haben ein bisschen Spaß zusammen!«

Und so fand sich Flora plötzlich Ende Januar auf einem Steg an der Themse wieder, mit einer Federboa um den Hals und ihrem eigenen Glockenhut auf dem Kopf, aß Würstchen und Croissant und trank Champagner, während Zach in Streifenblazer und Strohhut neben ihr saß.

»Ich wusste nicht, ob wir lieber frühstücken oder zu Mittag essen sollen«, sagte Wanda. »Also habe ich einfach einen Brunch gemacht.«

Aus ihrem Mund klang das so, als hätte sie das Brunchen gerade selbst erfunden.

»Hat sie denn die Sache mit Mum gar nicht erwähnt?«, fragte

ich, und Flora sagte, nein, aber zu diesem Zeitpunkt sei alles schon so seltsam und wundervoll gewesen, dass sie selbst auch nicht mehr an Mum gedacht hätte. Das kam erst später wieder, sagte Flora.

Nach dem Essen, immer noch auf dem Steg, brachte Wanda ihnen bei, wie man Charleston tanzt. Erst als der Wind vom Fluss her auffrischte, haben sie alles in den Garten zurückgebracht und sich unter die Trauerweide gesetzt, wo Wanda und Zach sich all die anderen Picknicks in Erinnerung riefen, die sie hier schon veranstaltet hatten, und Wanda hat Flora zum Lachen gebracht, indem sie ihr von all den kleinen Missgeschicken erzählte, die Zach als Kind passiert waren.

»Na siehst du«, sagte Zach und legte Flora den Arm um die Schulter. »Wusste ich doch, dass ihr zwei euch versteht.«

»Und da hat es ganz kurz in ihren Augen aufgeblitzt«, sagte Flora. »Wirklich, wie so ein richtiger Blitz. Zach hat es nicht gesehen, weil er sie so anhimmelt, aber ich schon. Und in dem Moment ist mir auch Mum wieder eingefallen.«

Dann sagte Wanda zu Zach, »Sie ist wirklich reizend, Zach. Ich bin so froh, dass ich sie noch kennengelernt habe, bevor ich morgen abreise.« Zach sagte, »Was soll das heißen, bevor du morgen abreist?«, und Wanda sagte, Freunde von ihr hätten sie nach Nordspanien eingeladen, wo sie ein ganz bezauberndes Hotel in den Bergen besäßen.

»Aber du bist doch gerade erst aus Frankreich zurück!«, sagte Zach.

»Es ist leider nicht zu ändern, mein Schatz«, erwiderte Wanda. »Ich nehme das Schiff, das morgen ausläuft. Deshalb wollte ich dich ja heute noch sehen.«

»Wer fährt denn heutzutage noch mit dem Schiff nach Spanien?«, fragte ich.

»Anscheinend ziemlich viele Leute«, sagte Flora. »Aber darum geht es doch jetzt gar nicht.«

»Und was ist mit mir?«, fragte Zach, als Wanda das mit dem Schiff sagte, und Floras Blut fing an zu kochen, weil er so unglücklich aussah. »Wo soll ich dann wohnen?«

Wanda erwiderte, Zach scheine sich dort, wo er jetzt wohne, doch sehr wohlzufühlen.

»Aber ich kann nicht ewig bei Zoran bleiben«, sagte Zach.

»Kannst du nicht einfach allein irgendwo wohnen?«

»Nein«, blaffte Flora, »kann er nicht.«

»Du bist meine Familie, Mum.« Zach ließ nicht locker.

»Tja, dein Großvater sieht das offenbar anders«, sagte Wanda.

»Und da bin ich dann gegangen«, schloss Flora ihren Bericht. »Ich hab's nicht mehr ausgehalten. Sie ist wirklich eine Hexe, Blue. Sie verhext die Leute. Fast hätte sie es bei mir auch geschafft, mit ihrer Musik und den Klamotten und ihrem coolen Picknick. Aber du hättest sein Gesicht sehen sollen, als er hörte, dass sie morgen schon wieder fährt! Er hat mich noch bis zur nächsten Kreuzung gebracht und ich habe versucht, ihm klarzumachen, was sie da tut, aber er wollte nicht auf mich hören. Ich habe gesagt, dass sie uns gegeneinander ausspielt, ihn gegen seinen Großvater und mich gegen ihn. Und dass sie immer nur an sich denkt und das mit Spanien nur deshalb gesagt hat, weil er angefangen hat, von mir zu sprechen, und sie es nicht ertragen kann, wenn sich nicht alles um sie dreht.«

»Und was hat Zach darauf gesagt?«

»Dass das nicht stimmt, und dass sie ihn liebt. Ob ich denn nicht gesehen hätte, wie sie wirklich ist? Sie hätte dieses Picknick doch nur ihm zuliebe veranstaltet, und um mich zu beeindrucken. Ich habe gesagt, es hätte mich wesentlich mehr beeindruckt, wenn sie sich die Mühe gemacht hätte, sich für den Steinwurf auf meine Mutter zu entschuldigen.«

»Und wie hat er reagiert?«

»Er hat gesagt, wir müssten eben auf sie aufpassen. Und ich habe gesagt, nein, *du* musst auf sie aufpassen, nicht ich, und Dad hätte vielleicht doch Recht, vielleicht sollten wir uns lieber eine Zeit lang nicht sehen. Ich habe gesagt, ich würde mich jetzt um meine eigene Familie kümmern und er soll mich anrufen, wenn er seinen Mutterkomplex überwunden hat.«

»Das hast du gesagt? ›Ruf mich an, wenn du deinen Mutterkomplex überwunden hast‹?«

Flora lächelte schwach. »Ist nicht ganz dasselbe wie ein Milchshake, aber im Ernst, ich habe es satt, ständig über sie zu reden. Ich kann kaum glauben, dass ich es tatsächlich wichtiger fand, Zach zu schützen, als Dad die Wahrheit zu sagen. Niemand ist wichtiger als ihr, niemand.«

Manchmal liebe ich meine große Schwester wirklich sehr, aber sie ist immer so extrem.

»Ich kann immer noch nicht glauben, dass Wanda kein Wort über Mum verloren hat«, sagte ich. »Und ich finde es natürlich schön, dass du zu uns hältst und so, aber ich glaube, jetzt bist du Zach gegenüber ein bisschen unfair, oder?«

Flora sah mich beunruhigt an. »Meinst du?«

»Irgendwie schon.«

»Ich rufe ihn morgen an«, sagte sie. »Wenn diese Hexe morgen wirklich verschwindet, kann er sowieso ein bisschen Aufmunterung gebrauchen. Und was ich dich noch fragen wollte: Meinst du, ich sollte Dad erzählen, was heute passiert ist? Ich bin die Geheimniskrämerei so leid. Und Jas wird froh sein, wenn sie hört, dass Wanda verschwindet.«

»Dad wird natürlich ausrasten, weil du nicht auf ihn gehört hast, aber ich glaube, du solltest es trotzdem tun.«

»Dann gehe ich lieber sofort hin, bevor ich es mir wieder anders überlege.« Sie öffnete die Tür und aus der Küche drangen die Stimmen von Dad und Jas herauf, die sich offenbar gerade anbrüllten. Flora suchte meinen Blick, und wir mussten beide lachen.

»Vielleicht doch lieber etwas später?«, schlug ich vor.

Ich schnappte mir meine Kamera und gemeinsam schlichen wir die Treppe hinunter, um zu sehen, was da los war.

Die Filmtagebücher der Bluebell Gadsby

8. Szene (Transkript)
Die kopflose Leiche
oder:
Das unvermeidliche Ergebnis, wenn man seine Haustiere freilässt

INNEN. TAG.

Das Geschrei wird lauter, als der KAMERAMANN (Blue) die Küche der Gadsbys betritt, wo VATER gerade RON und HERMINE am Schlafittchen hält. JASMINE hüpft neben ihm hoch und versucht, an die Kätzchen heranzureichen, die dem Griff des Vaters zu entkommen versuchen und herzzerreißend miauen. Auf dem Boden liegen die Scherben einer Obstschale, zwei Küchenstühle, mehrere Orangen, eine zerdrückte Banane und eine enthauptete Babyratte. TWIG sitzt auf dem Sofa und beobachtet die Szene mit ehrfürchtigem Staunen.

JAS
(schreiend)
DU BIST SCHULD! DU GANZ ALLEIN!!
DU HAST SIE FREIGELASSEN!!!

VATER

(ebenfalls schreiend)

WOHER WILLST DU DENN WISSEN, DASS DAS *DEINE* BABYRATTEN SIND! DAS KÖNNTEN GOTTWEISSWASFÜR BABYRATTEN SEIN!! UND AUSSERDEM HABE *ICH* SIE JA WOHL NICHT UMGEBRACHT!!!

JAS

(brüllend)

BETSY WAR TRÄCHTIG, ALS DU SIE FREIGELASSEN HAST! WARUM SONST SOLLTEN WIR BABYRATTEN IM GARTEN HABEN?

TWIG

Komm schon, Dad, du warst es. Red dich nicht raus.

JAS und VATER

HALT DIE KLAPPE, TWIG!

VATER

(etwas ruhiger)

Was kann ich dafür, wenn dieses Haus von Nagern und blutrünstigen Raubkatzen überrannt wird?

JAS

(fauchend)

Das wäre niemals passiert, wenn sie noch sicher in ihrem Käfig sitzen würden!

FLORA

(die jetzt hinter Blue die Küche betritt)

OH MEIN GOTT! EINE RATTE OHNE KOPF!!

Flora sinkt ohnmächtig zu Boden und leistet dort dem Müll Gesellschaft. Vater lässt die Katzen fallen und fängt an, sie zu ohrfeigen. Die Katzen stürzen sich auf die tote Babyratte und zerren sie fauchend unter die Anrichte.

VATER

Bis heute Abend sind diese Viecher verschwunden.

JAS

(jetzt hysterisch)

Daddy, bitte!

FLORA

(kommt wieder zu sich)

Wo bin ich?

VATER

WENN SIE NICHT BIS MORGEN FRÜH VERSCHWUNDEN SIND, BRINGE ICH SIE IN DIE ZOOHANDLUNG! ERST MEINE SCHUHE UND JETZT EINE KOPFLOSE LEICHE!! WAS IST DAS BLOSS FÜR EINE FAMILIE? SIEHT DENN KEINER AUSSER MIR, DASS HIER IRGENDWAS TOTAL SCHIEFLÄUFT???

Freitag, 24. Januar (Fortsetzung)

In dem Moment klingelte Dads Handy und er hörte auf zu brüllen, denn es war Mum, die von oben anrief und ihn bat, mit dem Geschrei aufzuhören und ihr eine Tasse Tee zu machen. Flora wankte zum Sofa und sagte, ihr sei schlecht, sie hätte auch gern einen Tee. Twig brachte ihr einen Eimer. Jas setzte sich zu ihr und starrte Dad die ganze Zeit wütend an, bis er rausging.

»Ich dachte, er mag die Katzen inzwischen auch«, sagte sie.

»Ich glaube, im Moment mag er nichts und niemanden so richtig«, sagte Flora.

»Würde er sie wirklich in die Zoohandlung bringen?«

»Ich glaube, er ist fast so verrückt wie Zachs Mutter«, antwortete Flora.

Twig fing an, Dad nachzumachen, indem er sich wie ein Affe unter den Armen kratzte und ständig rief, »Ich habe Flöhe! Wer hat in meine Schuhe gekackt?«

»Das ist nicht lustig«, sagte Jas.

»Ich habe eine Superidee«, sagte ich.

Alle fuhren herum und sahen mich erwartungsvoll an. Das war ein ziemlich gutes Gefühl.

»Wir bringen sie zu Gloria«, verkündete ich.

»Das ist deine Superidee?«, fragte Twig. »Und woher willst du wissen, ob sie Katzen überhaupt mag?«

»Sie könnten doch im Stall wohnen«, sagte ich. »Für die Katzen wäre das toll, Jas. Sie sind sowieso halb wild, und du könntest sie jede Woche besuchen. Wenn sie hier bleiben, machen sie nur weiter Jagd auf die Ratten. Dann haben die Babys keine Chance, irgendwann mal groß zu werden. Aber so wären alle glücklich.«

Jas fand die Idee tatsächlich super und sagte, wenn Ron und Hermine schon nicht bei uns bleiben durften, gäbe es niemanden, dem sie sie lieber überlassen würde als Gloria. Sie wollte sofort losgehen und sie hinbringen.

»Das machen wir morgen«, sagte ich. »Es wird schon dunkel, und ich habe keine Lust, mich in diesem finsteren Durchgang ermorden zu lassen, nicht mal für Ron und Hermine.«

»Dad sagt, bis morgen früh müssen sie verschwunden sein.«

»Dafür habe ich mir auch schon was überlegt.«

»Nicht schon wieder«, stöhnte Zoran, als Jas, Twig und ich mit den beiden Kätzchen, ihrem Klo und der Schlafkiste bei ihm vor der Tür standen. »Wie oft muss ich denn noch Nein sagen?«

»Nur für eine Nacht«, sagte ich.

»Dad hat ihnen Hausverbot erteilt«, erklärte Twig.

»Genau wie Zach«, ergänzte Jas.

»Wo ist Zach eigentlich?«, fragte ich.

Zoran antwortete, der stünde unter der Dusche.

»Und wie geht es ihm?«, fragte ich.

»Na ja, er tanzt nicht gerade herum vor Freude, aber er kommt klar. Wieso?«

»Ach, nur so«, sagte ich.

Wenn Zach ihm selbst noch nicht von seiner Mutter erzählt hat, werde ich mich da bestimmt nicht einmischen.

Wieder zu Hause, berichtete ich Dad von unserem Plan für die Katzen. Ich dachte, vielleicht gewährt er uns noch eine Gnadenfrist, wie das in Büchern manchmal passiert, aber keine Chance. Jas hat es auch noch ein letztes Mal bei Mum versucht, aber die sagte, sie wolle nicht, dass Dad sich noch mehr aufregt.

Morgen treffen wir uns mit Zoran an der U-Bahn-Station.

9. Szene (Transkript)
Katzenübergabe

AUSSEN. TAG. EINE STRASSENSZENE, VOR EINER U-BAHN-STATION.

Zoran steht wartend vorm U-Bahn-Eingang, einen Pappkarton unter dem Arm, aus dem lautes Fauchen und Maunzen ertönt. Einige Passanten mustern ihn neugierig, denn Zoran trägt eine dicke Lederjacke, Lederhandschuhe und Motorradstiefel. Auf der linken Wange hat er einen leuchtend roten Kratzer.
JASMINE nimmt ihm den Karton ab und flüstert beruhigende Worte hinein. Zoran wirft einen hämischen Blick in die Öffnung. Die Kiste faucht noch lauter.

ZORAN
Bist du sicher, dass Gloria diese Bestien überhaupt haben will?

TWIG
Ich persönlich habe da meine Zweifel.

JASMINE
(gekränkt)
Das sind keine Bestien.

KAMERAMANN (BLUE)
(mit aufgesetzter Munterkeit)
Katzen mag doch jeder. Willst du mitkommen, Zoran?

ZORAN
Ich glaube, das sollte ich tun. Ich würde mir Vorwürfe machen, wenn euch mit diesen reizenden Geschöpfen in der U-Bahn etwas zustößt.

Schnitt auf den Eingang zum Reitstall. Zoran, Twig, Jas, der Kameramann und der Pappkarton stehen vorm Tor. Der Himmel ist strahlend blau, und ihr Atem bildet kleine Eiswolken. Im Sonnenschein wirkt selbst die schmale Durchfahrt fast einladend. Ein Büschel Schneeglöckchen sprießt aus dem winzigen Flecken Erde unter der Kastanie.

KAMERAMANN
(immer noch durch und durch positiv)
Bei so einem Wetter *kann* doch gar nichts schiefgehen.

Im Pulk betreten sie dann den Hof, wo die Ponys die Köpfe aus ihren Boxen stecken. BILL sitzt auf der Bank und überprüft die Kinnriemen der Reitkappen. GLORIA marschiert auf sie zu und sieht einfach umwerfend aus in ihrer hautengen Reithose, den Kaffeebecher in der einen und die Heugabel in der anderen Hand.
Zoran gafft sie an.

GLORIA

(freundlich an Jas gewandt, scheinbar
ohne Zoran zu bemerken)

Für deine Reitstunde ist es aber noch zu früh, oder?
Was hast du denn in dem Karton?

JAS

(die plötzlich unsicher wird und dem Kameramann
flehende Blicke zuwirft)

Das sind, ähm ... also ... so was wie ...

Im Karton miaut es laut.

ZORAN

(immer noch gaffend)

Wir haben uns gefragt, ob du vielleicht ...

KAMERAMANN

Wir dachten, falls ihr hier Mäuse habt ...

TWIG

Im Rattentöten sind sie jedenfalls richtig gut.

JASMINE

(wirft Twig einen wütenden Blick zu,
bevor sie die Schultern strafft
und sich selbstbewusst einschaltet)

Das sind meine Katzenbabys, und ich fände es schön,
wenn sie bei dir wohnen könnten.

Glorias Mundwinkel zucken. Jas stellt den Karton auf dem Boden ab. Gloria und Bill treten näher. Jas nimmt den Deckel hoch. Zwei schwarze Katzenköpfe tauchen auf, mit gespitzten Ohren, blitzenden Augen und viel zu langen Schnurrbarthaaren, die ungehalten zucken. HERMINE ist als Erste draußen. Mühelos springt sie über den Rand des Kartons, tapst vorsichtig ein paar Schritte über den Hof und schnuppert. RON, dicker und schwerfälliger, klammert sich an den Rand des Kartons, purzelt dann runter, wobei er sich einmal überschlägt, und folgt dann seiner Schwester, den kurzen Schwanz in die Höhe gereckt, als hätte er seinen Auftritt mit Absicht vermasselt.
Die Kamera schwenkt zu Gloria. Ihr Gesichtsausdruck bestätigt die Befürchtung, dass sie nicht gerade eine Katzenfreundin ist. Sie starrt die beiden nur ratlos an.

GLORIA

Ihr bringt mir zwei Katzenjunge?

ZORAN

(in einschmeichelndem Ton)

Wir dachten, sie könnten sich hier vielleicht nützlich machen.

GLORIA

Aber was soll ich denn mit denen ...

Sie wird von einem Geräusch unterbrochen, das wie eine Mischung aus Keuchen, Fauchen und Husten klingt und alle so überrascht, dass es einen Moment lang dauert, bis sie erkennen, wo es herkommt.
Es ist Bill, der leise lacht.
Bill geht in die Hocke. Hermine, die einen Freund wittert, trippelt auf ihn zu und reibt den Kopf an seinem Bein. Ron, der nicht zu kurz kommen will, tut es ihr nach. Und Bill gibt eindeutig Koselaute von sich.
Im Gegensatz zu seiner Tochter scheint er Katzen zu mögen.

GLORIA
(deren Miene beim Anblick ihres Vaters, wie er die Katzen streichelt, etwas sanfter wird)
Sind die beiden denn überhaupt geimpft?

Ihr Blick begegnet erstmals dem von Zoran, und sie wird rot.

Samstag, 25. Januar

Ich schreibe das hier hinten in unserem Auto.

Es war wirklich rührend, mit anzusehen, wie Zorans und Glorias Blicke miteinander verschmolzen. Das wäre was für Dodi und ihre romantische Ader gewesen, aber angesichts der vielen Dinge, die danach passiert sind, kommt es mir fast so vor, als hätte das alles in einem anderen Leben stattgefunden.

Glorias Erröten dauerte nicht länger als drei Sekunden, aber wir haben es alle gesehen.

»Wir sind uns beim Lyrikwettbewerb von Jas schon mal begegnet«, stammelte Zoran.

Twig kicherte, und ich versetzte ihm einen Tritt. Eines der Ponys wollte Hermine beschnuppern, die ihm einen Hieb auf die Nase verpasste, Ron fand eine Ecke zum Pinkeln, und Jas und Bill verschwanden in der Sattelkammer, um einen Platz für das Katzenkörbchen zu suchen. Und Flora kam auf Zorans Motorroller angefahren.

»Was zum Teufel ...?« Zoran fielen fast die Augen aus dem Kopf, was man ihm kaum verübeln konnte, schließlich hatte er noch in der einen Sekunde Gloria angehimmelt, um dann in der nächsten Zeuge zu werden, wie seine hitzköpfige ehemalige Schutzbefohlene, die seines Wissens noch nie einen Motorroller gefahren hat, auf seinem persönlichen Eigentum um die Ecke brauste.

»Ist doch jetzt egal!«, schrie Flora. »Zach ist verschwunden!«

»Was soll das heißen?«, schrie Zoran zurück.

»Er geht nicht an sein Handy.«

»Das ist aber kein Grund ...«

»Jetzt hör mir doch erst mal zu!«, rief Flora. Sie kletterte vom

Roller herunter, holte tief Luft und erzählte uns dann, was passiert war.

»Gestern haben Zach und ich uns gestritten«, sagte sie. »Aber heute Morgen, als ich aufgewacht bin, wollte ich mich bei ihm entschuldigen. Also habe ich ihn angerufen.«

Und so, wie Flora nun mal ist, reichte es ihr natürlich nicht, ihm eine Nachricht zu hinterlassen, sondern sie beschloss, ihm einen Überraschungsbesuch abzustatten, da sie ja wusste, dass er heute im Plattenladen arbeitete.

»Aber dein Vater ...«, sagte Zoran. »Du darfst Zach doch eigentlich gar nicht ...«

»Bitte«, sagte Flora.

Obwohl es noch ziemlich früh war, war der Ladenbesitzer schon da, erklärte ihr aber, Zach hätte sich für heute krankgemeldet. Also beschloss sie, ihn zu besuchen und auf seinem Krankenlager zu pflegen, aber bei Zoran war auch keiner zu Hause. Sie holte sich die Ersatzschlüssel, die Zoran hinter einem losen Ziegel in der Mauer versteckt hat, für den Fall, dass Zach seine Schlüssel vergaß (»Das sollte eigentlich geheim bleiben«, sagte Zoran, aber sie hörte gar nicht hin), und schaute sich in der Wohnung um. Dort stellte sie fest, dass alle Sachen von Zach verschwunden waren, seine Kleidung, seine Gitarre und alles. Da ist sie dann in Panik geraten, hat sich Zorans Helm und die Schlüssel für den Roller geschnappt und ist zum Haus von Zachs Großvater gefahren.

»Wieso das?«, fragte Zoran.

»Um nachzusehen, ob seine Mutter noch da ist«, erklärte ich. »Flora hat sie dort gestern zusammen mit Zach besucht.«

»Was? Und wieso weiß ich nichts davon?« Zoran klang wütend, erschöpft und enttäuscht, alles gleichzeitig.

»Er klingt genauso wie Dad«, flüsterte Twig.

»Ich wollte es dir gestern Abend schon erzählen, aber dann dachte ich, vielleicht sollte Zach das lieber selbst tun«, sagte ich.

»Du hast dich gestern mit Zachs Mutter getroffen?«, fragte Jas, an Flora gewandt. Dann schaute sie mich an. »Und du wusstest davon?«

»Hört mir eigentlich überhaupt jemand zu?«, rief Flora.

»Red weiter«, forderte Zoran sie auf.

»Es war niemand zu Hause. Ich habe geklingelt und im Garten nachgeschaut, und dann habe ich mich vor das Fenster von Zachs Zimmer gestellt und so lange gerufen, bis ein Nachbar rauskam und sagte, wenn ich Zach suchen würde, käme ich zu spät. Er hätte ihn heute Morgen losgehen sehen, mit Wanda und einem Rucksack und einer Gitarre.«

Jetzt schien Zoran endgültig verwirrt.

»Aber heute Morgen, als ich los bin, lag er doch noch im Bett!«

»Hast du nachgesehen?«, fragte ich.

»Ich bin einfach davon ausgegangen«, räumte Zoran ein. Der Ärmste zitterte am ganzen Leib. Gloria übernahm das Kommando.

»Habt ihr eine Ahnung, wo er hinwill?«, fragte sie.

»Nach SPANIEN!«, heulte Flora. »Mit dem Schiff! Heute!«

Twig nickte und sagte: »Die Portsmouth-Santander-Fähre.«

»Woher weißt du das?«, fragte Gloria.

»In letzter Zeit habe ich mich ausführlich mit dem Transportwesen befasst«, erwiderte Twig.

Zoran sah so aus wie letztes Jahr, als er Twig in der U-Bahn verloren hatte, nur noch sehr viel schlimmer. Gloria sagte: »Wir müssen herausfinden, wann und von welchem Bahnhof die Züge nach Portsmouth abfahren.«

»Die Züge nach Portsmouth fahren alle vom Waterloo-Bahnhof los«, sagte Twig. »Da geht ständig einer. Der nächste fährt um zehn Uhr ab und kommt um elf Uhr dreiunddreißig an. Sie könnten natürlich auch den Bus genommen haben, der ist billiger, aber langsamer. Den Busfahrplan kenne ich nicht auswendig. Und die Fähren fahren jeden Tag anders, entsprechend den Gezeiten. Wenn mir jemand sein Handy leiht, kann ich nachsehen, wann heute eine ablegt.«

»Gott sei Dank, dass Maisie einen kleinen Bruder hat«, murmelte Zoran, während er sich die Abfahrtszeiten der Züge notierte. Sein Handy klingelte. »Vielleicht ist das ja Zach«, sagte er hoffnungsvoll, aber dann sah er die Nummer. »Oh, Scheiße, sein Großvater.«

Zum Telefonieren ging er ein Stückchen von uns weg.

Gloria sah mich mit hochgezogenen Augenbrauen an. »Zach ist doch dieser Junge vom Lyrikwettbewerb, oder?«

»Ja.«

»Und sein Großvater?«

»Liegt im Krankenhaus. Zoran soll sich solange um Zach kümmern.«

»Und was ist daran so schlimm, dass Zach jetzt mit seiner Mutter verreist?«

»Sie ist eine Hexe«, sagte Flora. »Sie läuft ständig weg, und sie wollte Mum umbringen.«

»Verstehe«, sagte Gloria. »Und sind Zach und Zoran miteinander verwandt?«

»Nicht im Entferntesten«, sagte ich. »Zoran ist einfach ein sehr netter Mensch.«

Gloria lächelte.

Zoran kam von seinem Telefonat mit Mr Rudowski zurück. Er wirkte aufgewühlt, aber auch entschlossen. »Er wollte wissen, ob wir seine Tochter gefunden haben.«

»Und wie hat er auf die Nachricht reagiert, dass du jetzt auch noch seinen Enkel verloren hast?«, fragte Twig.

»Er war natürlich ziemlich aufgelöst«, sagte Zoran. »Diesmal, meinte er, sollten wir lieber die Polizei verständigen.«

»Und was erzählen wir denen?«, fragte Gloria. »Dass ein Jugendlicher mit seiner Mutter weggelaufen ist?«

»Das ist alles nur meine Schuld«, rief Flora. »Ich war so gemein zu ihm! Zoran, du musst irgendwas tun! Er darf nicht mit ihr fortgehen, sie ist ein böser Mensch!«

»Ich glaube nicht, dass sie böse ist«, sagte Zoran langsam. »Aber ich bin auch der Meinung, dass er nicht bei ihr bleiben sollte.«

Er hielt wieder sein Handy ans Ohr und lauschte. »Immer nur die Mailbox.« Dann fing er an, eine SMS zu tippen.

»Wie kannst du in so einem Moment eine SMS schreiben!«

Ich habe Flora noch nie so hysterisch erlebt.

»Das ist wichtig. Wenn er schon keine Anrufe annimmt, liest er vielleicht wenigstens eine SMS.«

»Aber wir müssen doch irgendwas tun, Zoran!«, flehte Flora.

»Ja, aber was?«, sagte Zoran.

»Ihn suchen natürlich«, sagte Bill. Alle fuhren herum und starrten ihn an, als sei er verrückt geworden oder ein Genie oder vielleicht auch beides.

»Und wo?«, fragte Jas.

Anders als Dad kann Bill ganz hervorragend mit Krisen umgehen. »Am Bahnhof Waterloo, am Busbahnhof und am Hafen«, sagte er. »Wahrscheinlich hat er die Stadt längst verlassen, aber man weiß ja nie. Gloria übernimmt den Bahnhof Waterloo, ich den Busbahnhof und du fährst runter nach Portsmouth.«

»Mit dem Zug?«, fragte Zoran verwirrt.

»Mann, jetzt stell dich nicht so dämlich an! Mit dem Motorrad!«

Wir schauten alle etwas skeptisch zu Zorans Elektro-Roller hinüber, der unter der Kastanie stand.

»Nicht mit dem da«, knurrte Bill. Er schlurfte über den Hof zu der Pferdebox ganz am Ende der Reihe und stieß die Tür auf. Drinnen stand eine, wie ich inzwischen herausbekommen habe, blitzblanke, uralte Harley-Davidson.

»Das ist meine, aus alten Zeiten«, sagte Bill. »Fährt immer noch wie 'ne Eins, aber du wirst wohl tanken müssen. Und jetzt solltest du mal langsam Gas geben.«

»Und ihr? Wie kommt ihr dann zum Bahnhof Waterloo und zum Busbahnhof? Mit der U-Bahn?«

Da lachte Bill, ein richtiges Lachen, nicht so ein Keuchen.

»Was meinst du wohl?«, dröhnte er. »Wir reiten natürlich!«

Und plötzlich rannten alle wie aufgescheuchte Hühner durcheinander.

»Ich fahre mit!«, schrie Flora, als Zoran seinen Helm aufsetzte.

»Die Verantwortung kann ich nicht …«

»Bill, hast du einen Helm für mich? Eine Lederkombi? Und kann ich ein Paar Reitstiefel haben?«

»Du reitest zum Waterloo-Bahnhof, Gloria, ich übernehme den Busbahnhof!«

»Flora, ich habe doch gesagt … ach, na gut, von mir aus, steig schon auf!«

»Ich habe meine Freundin Penny angerufen, die hier manchmal aushilft«, rief Gloria, während sie mit Zaumzeug und Sattel vorbeischoss. »Sie ist in zwanzig Minuten hier. Bis dahin müsst ihr Kinder die Stellung halten.«

Zoran starrte sie bewundernd an.

»Nun fahr schon«, kreischte Flora.

In weniger als zehn Minuten waren sie alle verschwunden, mit einer Wolke aus Dieselqualm und klappernden Hufen. Ich weiß nicht, ob es für Pferde gut ist, durch London zu galoppieren. Und ich bin ziemlich sicher, dass es verboten ist. Aber eins weiß ich genau: So glücklich habe ich Bill noch nie gesehen.

»Meinst du, er war wirklich mal Jockey?« Jas saß in der Sattelkammer auf dem Boden und knuddelte Ron und Hermine, während Flopsy an ihrem Pullover knabberte.

»Sieht ganz so aus«, sagte ich.

»Was glaubt ihr, wer ihn als Erstes findet?«, fragte Twig.

Wir fingen an zu raten – Gloria, weil sie so cool ist! Bill, weil er der Schnellste ist! –, aber das Gespräch fand ein jähes Ende, als mit quietschenden Reifen unser Auto auf den Hof raste, Dad die Fahrertür aufriss und von uns wissen wollte, ob es sein könne, dass Flora ihm gerade auf dem Sozius eines Motorrads entgegengekommen sei.

Samstag, 25. Januar (später)

Ich musste aufhören zu schreiben, weil mir schlecht geworden ist. So schnell bin ich überhaupt noch nie Auto gefahren.

Dad hat keine fünf Minuten gebraucht, um die ganze Geschichte aus uns rauszukriegen. Sobald er hörte, was Flora und Zoran vorhatten, brüllte er los, er würde ihnen hinterherfahren. Dann fiel ihm ein, dass er keine Ahnung hatte, wie man zum Hafen von Portsmouth kommt, und dass er deshalb Twig mitnehmen musste, weil der als Einziger das Navi im Auto bedienen kann. Ich habe dann gesagt, dass ich auch mitkommen will, was wiederum hieß, dass auch Jas mitkommen musste, weil sie noch zu klein ist, um allein zu bleiben.

»Aber wir müssen noch auf Penny warten«, sagte Jas, zum einen, weil sie ein sehr pflichtbewusster Stallbursche ist, zum anderen, weil sie für Flora und Zoran noch ein bisschen Vorsprung herausschinden wollte.

Als wir dann endlich loskamen, raste Dad wie ein Geisteskranker durch die Stadt und brüllte wahllos solche Sätze wie »Eigentlich bin ich euch nur hinterhergefahren, weil ich ein schlechtes Gewissen wegen der Katzen hatte!« und »Spanien! Portsmouth! Motorräder! Gütiger Himmel!« und »Warum, warum müssen wir *noch* ein Baby bekommen?«.

»Ich verstehe immer noch nicht, warum wir sie eigentlich verfolgen«, sagte Twig, als wir gerade mit röhrendem Motor auf die Autobahn auffuhren.

»Sie könnten einen Unfall haben!«, schrie Dad. »Zachs Mutter ist eine Irre! Flora könnte nach Spanien durchbrennen! ES KÖNNTE SONST WAS PASSIEREN!«

Dad machte einen Schlenker, um einem LKW auszuweichen. Twig stieß einen Schrei aus.

»Jeder andere Vater würde dasselbe tun«, brüllte Dad.

»Ist Daddy jetzt ein Held?«, fragte Jas mich flüsternd.

»Irgendwie schon«, flüsterte ich zurück.

Wir holten Zoran und Flora ein, als sie gerade von einer Tankstelle wieder auf die Autobahn auffuhren.

»Ich dachte, Motorräder wären viel schneller«, bemerkte Jas. »Warum sind sie nicht schon viel weiter?«

»Zoran ist ein sehr vorsichtiger Fahrer«, sagte ich. Dad lachte kurz auf, geriet wieder ins Schlingern und fluchte laut.

»Langsamer darfst du jetzt nicht mehr fahren«, ermahnte ihn Twig. »Die Fähre legt in weniger als einer Stunde ab.«

Bis zur Abfahrt nach Portsmouth behielten wir die beiden im Blick, aber in der Autoschlange zum Hafen waren sie plötzlich weg, hauptsächlich deshalb, weil Zoran mit dem Motorrad einfach auf der Gegenspur am Stau vorbeifuhr. Am Eingang zum Hafengelände musste Dad dann lang und breit erklären, dass wir zwar zu der Fähre nach Spanien wollten, aber keine Fahrscheine hätten und auch nicht beabsichtigten, welche zu kaufen.

»Ich suche nach meiner Tochter!«, schrie Dad. »Sie ist auf einem Motorrad abgehauen, um ihren Freund zurückzuholen!«

Der Mann an der Kasse, der seinem Namensschild zufolge Percy Williams hieß, meinte, so was Aufregendes hätte er den ganzen Tag noch nicht gehört, aber die Einschiffung auf der *Queen Sofia* sei schon beendet.

»Wir kommen zu spät!«, jammerte Jas.

»Lassen Sie uns durch«, fauchte Dad. »Meine Tochter ist hier irgendwo auf dem Gelände, und ohne sie fahre ich nicht nach Hause.«

Percy sagte, dafür habe er vollstes Verständnis, er sei ebenfalls Vater von Töchtern, aber seiner Erfahrung nach hätte es nicht den geringsten Zweck, sie davon abhalten zu wollen, sich in die falschen Jungs zu verlieben.

»Sie sollten den Dingen einfach ihren Lauf lassen«, riet ihm Percy. Die lange Autoreihe hinter uns fing immer lauter zu hupen an. »Und jetzt muss ich Sie leider bitten, Platz zu machen.«

Dad scherte aus der Warteschlange aus, stellte den Wagen am Straßenrand ab und stürmte dann im Sprint an Percys Kassenhäuschen vorbei, wir anderen dicht hinter ihm. Inzwischen beobachtete schon eine ganze Reihe von Leuten das Schauspiel, und eine Schülergruppe auf Klassenfahrt jubelte uns sogar zu.

»Heute geht kein Schiff mehr nach Spanien, erst morgen wieder!«, rief Percy uns hinterher, aber Dad hörte nicht hin. Er rannte, und wir rannten ihm nach, den ganzen Weg bis zum Hafenbecken, und dann blieb er so abrupt stehen, dass wir alle in ihn hineinkrachten. Denn dort, auf einem Poller an der Kaimauer, den Blick aufs Wasser gerichtet, wo die *Queen Sofia* gerade den Hafen von Portsmouth verließ, den Rucksack zu Füßen und die Gitarre immer noch auf dem Rücken, saß Zach. Und aus der anderen Richtung, ganz in Leder gekleidet und die Helme in der Hand, wie zwei Figuren in einem Hollywood-Film, liefen auch Zoran und Flora auf ihn zu.

Zach wandte den Kopf, als er Schritte hinter sich hörte. Zoran und Flora streckten beide die Hände nach ihm aus. Zach sagte etwas, das wir nicht verstehen konnten. Flora warf ihm die Arme um den Hals, und Zoran nahm sie alle beide in den Arm.

Dad schniefte laut.

Jas verkündete, »Daddy, mir ist jetzt ganz egal, dass du uns verboten hast, mit Zach zu reden«, und marschierte geradewegs zu dem ineinander verschlungenen Haufen aus Zoran, Zach und Flora hinüber. Twig und ich folgten ihr.

»Du hast die Fähre verpasst«, sagte Jas.

»Nein, habe ich nicht«, flüsterte Zach.

Wie Grandma schon sagte, man hat immer eine Wahl. Zach hatte die Wahl, zu gehen oder zu bleiben. Und als er sein Handy wieder eingeschaltet und Zorans SMS gefunden hatte, fällte er seine Entscheidung.

Zorans SMS lautete: *Frag Wanda nach dem wahren Grund, warum sie dich damals verlassen hat.*

Was Zach dann auch tat. Ich weiß nicht, wie er sie dazu bekommen hat, aber offenbar hat Wanda ihm ausnahmsweise mal die Wahrheit gesagt.

Nachdem Zachs Oma gestorben war, hatte Mr Rudowski Wanda vor die Wahl gestellt, bei ihnen zu bleiben und sich medizinisch behandeln zu lassen oder zu gehen. Er hatte gesagt, wenn sie sich zum Bleiben entschied, würde er ihr helfen, aber so wie bisher könnte es nicht weitergehen, das wäre auch Zach gegenüber nicht fair.

»Die Ärzte hätten mich mit Medikamenten vollgepumpt«, hat Wanda Zach erzählt. »Und das wollte ich nicht.«

Mr Rudowski hatte sie also nicht rausgeworfen. Wanda war aus freien Stücken gegangen.

»Diese Hexe«, sagte Flora erbittert.

»Sie ist keine Hexe«, widersprach Zach leise. »Sie hat Angst.«

Flora schnaubte. Zoran blickte sie warnend an, und sie verstummte.

»Aber warum wolltest du denn eigentlich weglaufen?«, wollte Jas wissen.

»Sie hat mich gebeten mitzukommen«, sagte Zach.

Mir fiel ein, wie verloren er bei Zorans Konzert ausgesehen hatte, als er merkte, dass Wanda tatsächlich nicht gekommen war. Ich sah ihn als kleinen Jungen vor mir, lachend mit seiner Mutter bei einem ihrer verrückten Picknicks. Und dann dachte ich an ihn und Mr Rudowski, wie sie ganz allein in dem alten Haus am Fluss wohnten, voll Trauer um die Menschen, die sie verloren hatten, und da wurde mir alles klar.

Ein Teil von Zach wird sich wohl immer nach seiner Mutter sehnen.

Und deshalb ist er auch fortgegangen. Er ist in Zorans Wohnung zurückgekehrt, ohne etwas zu sagen, hat gewartet, bis Zoran eingeschlafen war, und sich dann am frühen Morgen zum Haus seines Großvaters zurückgeschlichen.

»Ich wollte es wirklich tun«, sagte er. »Die ganze Zugfahrt lang hat Mum mir von den Bergen vorgeschwärmt, von Feigen und Aprikosen und Mandelbäumen, von Ziegen und Stränden und blauem Himmel. Ich wusste auch da schon, dass es verrückt war, aber aus ihrem Mund klang das alles so verlockend. Dann sind wir hier angekommen, und ich habe mein Handy eingeschaltet und Zorans Nachricht gefunden. Und nachdem Mum mir alles erzählt hatte, musste ich dauernd an Grandpa denken. Er hat für sie gelogen. Er hat mich glauben lassen, er hätte sie rausgeworfen, damit ich nicht erfuhr, dass sie mich freiwillig verlassen hat. Und er ist alt und krank und völlig hilflos ohne Grandma, und ich war so wütend auf ihn. Also habe ich ihr gesagt, ich würde doch nicht mitkommen. Aber Mum – Mum ist trotzdem gefahren.«

Zachs Stimme wurde ganz zittrig, aber er weinte nicht. Flora drückte ihn noch fester an sich.

»Es tut mir so leid«, sagte sie.

»Mir auch«, antwortete er. »Aber wie mir mal jemand sehr Weises erklärt hat: Was wirklich zählt, sind die Menschen, die bleiben.«

Bei diesen Worten sah er mich an, und tief in mir drin war ich plötzlich ganz froh.

Weit draußen auf See war die *Queen Sofia* inzwischen fast verschwunden, und wir schauten ihr alle nach: Twig, Jas und ich mit baumelnden Beinen von der Kaimauer, Zach auf dem Poller, die Arme um Flora gelegt, Zoran auf dem Poller daneben. Es war ein großer Moment.

»Die, die bleiben und dich wieder zurückholen.«

Dad hatte sich lautlos von hinten angeschlichen.

»Ich bin froh, dass du geblieben bist, mein Sohn«, sagte er.

Und ganz, ganz langsam lächelte Zach wieder sein umwerfendes Lächeln.

»Kommt«, sagte Zoran. »Jetzt müssen wir alle erst mal was essen.«

Wir wandten dem Meer den Rücken zu und liefen über das leere Hafengelände zum Eingang zurück.

»Nie im Leben gehört die dir!«, sagte Zach, als wir vor Bills Harley stehen blieben.

»Das ist eine lange Geschichte«, sagte Zoran.

Twigs Handy klingelte, während wir uns noch stritten, wer mit Zoran in die Stadt zurückfahren durfte. »Für dich«, sagte Twig und hielt mir das Handy hin. »Das verrückte Huhn, das du deine beste Freundin nennst.«

»Sag Twig, dass ich das gehört habe!«, rief Dodi. »Und wo steckt ihr eigentlich?«

»In Portsmouth«, antwortete ich grinsend.

»Was? Ich weiß nicht mal, wo das liegt! Hör zu, Jake hat eine Idee.«

Ich ließ Dodi reden. Flora und Zach saßen zusammen auf dem Motorrad. Dad telefonierte mit Mum und versuchte ihr zu erklären, was passiert war, und Jas sprach über Zorans Handy mit Gloria. Flora legte die Arme um Zach und flüsterte ihm etwas ins

Ohr. Sie lachten beide. Die Sonne schien. Das Meer war blau. Es war einfach perfekt.

»Dann also bis morgen«, sagte Dodi.

»Bis morgen«, sagte ich lächelnd und legte auf.

Zoran fuhr mit Zach hintendrauf in die Stadt zurück, und wir anderen fuhren hinterher.

Die Filmtagebücher der Bluebell Gadsby

10. Szene (Transkript)
Kriminelle Aktivitäten

AUSSEN. KURZ VOR SONNENAUFGANG. DER SCHULHOF DER CLARENDON FREE SCHOOL.

JAKE, COLIN, TOM, DODI und der KAMERAMANN (Blue) sind gerade über das Schultor geklettert und drängen sich jetzt unter dem Fenster zum Lehrerzimmer zusammen.

KAMERAMANN (BLUE)
Ist das nicht verriegelt?

JAKE
(voller Stolz)
Dürfte es eigentlich nicht. Beim Nachsitzen am Samstag habe ich mich reingeschlichen und den Verschluss geklaut.

KAMERAMANN
Gibt es denn keine Alarmanlage?

DODI
Jetzt sei doch nicht so *negativ*, Blue! Jake hat an alles gedacht! Er hat genau dreißig Sekunden Zeit, bevor sie losgeht.

KAMERAMANN

Dreißig Sekunden!

JAKE

(nimmt die Haltung eines Kommando-Offiziers an und präsentiert einen Bolzenschneider)

Also dann, Leute. Ich geh rein.

Colin hievt ihn per Räuberleiter auf den Fenstersims. Einen Moment lang sieht es so aus, als würde er das Gleichgewicht verlieren, aber dann grinst er seine Freunde unten auf dem Boden an, und ihnen wird klar, dass er nur eine Schau abzieht. Er schiebt das Fenster hoch und nimmt die Kamera von unten entgegen.

KAMERAMANN (JAKE)

Und so dringt unser furchtloser Entdecker in die beängstigenden Tiefen des Lehrerzimmers vor. Dies ist die Höhle, in der sich Mathelehrer versteckt halten, der natürliche Lebensraum kinderfressender Französischlehrerinnen ... Und hier haben wir auch schon das Schließfach der besagten Französischlehrerin, wenn unser kühner Abenteurer sich nicht irrt.

Das Bild beschränkt sich auf eine verwackelte Ansicht des Lehrerzimmerbodens, während Jake in seinem Rucksack kramt. Aus dem Off hört man das Geräusch schwerer Atemzüge und dann ein scharfes

Klicken, als die stählernen Scheren ein Vorhänge-
schloss durchtrennen.

KAMERAMANN (JAKE)
Heureka!

Eine behandschuhte Hand durchsucht den Inhalt des Schließfachs - Bücher, Hefte, ein bedruckter Schal, Parfüm, zwei Flaschen Evian, eine Packung Kekse und ein Pappkarton, der Lippenstifte, Papiertaschentücher und eine Sammlung konfiszierter Handys enthält. Jake schnappt sich die ganze Kiste und stopft sie in den Rucksack. Das Kreischen der Alarmanlage zerteilt die Luft. Das Bild spielt endgültig verrückt, während Jake sich, eine Hand auf dem Rahmen, aus dem Fenster schwingt.

KAMERAMANN (JAKE)
LAUFT!

Sonntag, 26. Januar

So schnell bin ich noch nie gerannt, und ich habe auch noch nie so viel dabei gelacht. Wir sind zum Schultor zurückgeflitzt, rübergeklettert und dann bis zum Park weitergerannt, wo wir uns auf eine Bank fallen ließen, keuchend und immer noch lachend. Jake steckte die Hand in den Rucksack und zog Madame Gilberts Schachtel mit den Handys heraus.

»Ich nehme an, eines davon gehört Ihnen, Mylady«, sagte er.

»Ich hätte nie gedacht, dass du das wirklich machst!«, sagte ich, während ich nach der Schachtel griff.

»Für dich tue ich doch alles, Blue«, sagte Jake und in diesem Moment bemerkte ich Dodis Blick, die ihn ansah, als wäre er eine Art Superheld.

Dodi mag Jake. Ich kann gar nicht glauben, dass mir das vorher noch nie aufgefallen ist.

Mum war heute zum ersten Mal wieder unten. Dad hat offenbar Geschmack an der Heldenrolle gefunden, deshalb wollte er sie unbedingt aus dem Schlafzimmer runtertragen, aber das hat sie nicht zugelassen. Stattdessen hat er sie mit seiner übertriebenen Fürsorge fast in den Wahnsinn getrieben, aber man merkt, dass ihr das trotzdem auch irgendwie gefällt. Und Zoran ist auf dem Rückweg vom Reitstall hier vorbeigekommen. Angeblich ist er nur hingefahren, um seinen Roller abzuholen und die Strafzettel zu bezahlen, die Gloria und Bill für ihren Ritt quer durch London kassiert haben, aber als er zurückkam, konnte er gar nicht mehr aufhören zu grinsen.

Gloria gibt ihm jetzt Reitunterricht.

Und was Zach angeht, der hat jetzt sein Lied für Flora fertig geschrieben. Heute Nachmittag hat er es ihr im Baumhaus vorgespielt, und als sie wieder runterkamen, hatte sie ganz leuchtende Augen. Zach sagt, er will es bei Zorans nächstem Konzert vorspielen, aber ich darf ihn dabei nicht filmen. Und mit alldem will ich eigentlich nur sagen, dass diese Menschen, auf die eine oder andere Weise, alle verliebt sind. Und dass ich für Jake niemals so empfinden werde, ganz egal, wie viele Handys er für mich stiehlt oder wie viele Rosen er mir schenkt. Deshalb bin ich heute Nachmittag bei ihm vorbeigegangen und habe getan, was ich längst hätte tun sollen.

»Falls Tallulah der Grund ist«, sagte Jake, »dann kann ich dir versprechen, dass das ein für alle Mal vorbei ist.«

»Tallulah ist nicht der Grund«, sagte ich. Und weil ich mir ja geschworen hatte, aufrichtig zu sein, fügte ich hinzu, »Also, jedenfalls ist Tallulah nicht der einzige Grund. Ich möchte einfach nicht mit dir gehen. Eigentlich wollte ich das von Anfang an nicht. Ich habe nur deshalb Ja gesagt, weil es mir irgendwie unangenehm war, Nein zu sagen – was, wenn man mal drüber nachdenkt, eine ziemlich bescheuerte Grundlage für eine Beziehung ist. Du bist echt ein netter Kerl, du brichst sogar in die Schule ein, um ein Handy zurückzustehlen, aber können wir nicht einfach wieder Freunde sein, bitte?«

Das sprudelte alles so aus mir heraus, und ich fühlte mich ein bisschen schuldig, wegen der kriminellen Aktivitäten und so, aber ich glaube, die Botschaft ist endlich angekommen. Hinterher bin ich noch zu Dodi gegangen und habe ihr alles erzählt. Ich konnte sehen, dass sie sich insgeheim darüber freute, aber gesagt hat sie nur, »Du bist echt verrückt, es wollen doch alle einen Freund haben.«

»Tja, ich bin nun mal nicht alle«, sagte ich.

»Wetten, dass ihr spätestens in einer Woche wieder zusammen seid?«

Ich hatte gerade keinen Milchshake zur Hand, aber auf dem Tisch stand eine Flasche Wasser. »Wehe!«, sagte Dodi, aber ich jagte sie trotzdem durch den ganzen Garten und hörte erst auf, als sie so nass war, dass sich ihr BH unterm T-Shirt abzeichnete.

Jungs können warten. Freundinnen sind viel lustiger.

Samstag, 8. März

Man schreibt immer nur dann Tagebuch, wenn irgendwas schiefläuft. Aber in letzter Zeit ist alles gut gelaufen.

Nach dem Gespräch mit Jake habe ich mich noch ziemlich lange mit Dodi unterhalten, und sie gab zu, dass sie ihn schon seit Ewigkeiten nett findet, seit sie angefangen hat, so viel mit ihm über mich zu reden. Sie hat gesagt, sie würde niemals mit ihm gehen, wenn es mir auch nur das kleinste bisschen ausmachen würde, und ich habe gesagt, es würde mir eine Menge ausmachen, wenn sie es *nicht* täte. Inzwischen sind sie seit fast einem Monat zusammen und total süß miteinander. Jetzt, wo Jake ein Mädchen gefunden hat, das ihn bewundert und nicht am anderen Ende der Welt wohnt, ist er ein geradezu vorbildlicher Freund geworden.

Und Zoran und Gloria – na ja, sagen wir einfach, dass ihre Beziehung inzwischen weit über Reitunterricht hinausgeht …

Ron und Hermine murksen jeden Nager ab, der ihnen im Stall in die Quere kommt. Was schön für sie ist, wenn auch nicht für die Nager.

Jas und Bill sind die besten Freunde geworden und schreiben zusammen Gedichte.

Twig hat endlich kapiert, dass Maisie Carter ihn nur als kostenlosen Babysitter-Service benutzt, und schwärmt jetzt für ein Mädchen namens Bianca.

Flora und Zach sind verliebter denn je, und Mr Rudowski ist wieder zu Hause.

Und bei mir? Da gibt's nicht viel Neues. Und das ist auch gut so. Das Leben ist schön. Langweilig. Keine Überraschungen.

AUSSER HEUTE!!!!

HEUTE WAR ES SEHR, SEHR AUFREGEND.

Heute haben wir Mr Rudowski kennengelernt.

Die Filmtagebücher der Bluebell Gadsby

11. Szene (Transkript)
Mr Rudowski kommt zum Essen

INNEN. ABEND.

Im obersten Stockwerk des Hauses am Chatsworth Square 32 läuft FLORA in ihrem Zimmer auf und ab, zieht Kleidungsstücke an und schmeißt sie wieder auf den Boden, während sie die ganze Zeit jammert, *Was soll ich bloß anziehen? Ich habe überhaupt nichts zum Anziehen! Was ziehe ich denn bloß an?* Schwenk in die Küche, wo MUTTER sich schwerfällig hin- und herbewegt. Ausnahmsweise herrscht hier mal nicht das absolute Chaos. Ein Gulasch blubbert sanft auf dem Herd. Ein Salat ruht friedlich in einer Schüssel auf dem Tisch, der mit größter Sorgfalt und weitgehend unversehrtem Porzellan gedeckt ist. Ein Topf mit gekochten Kartoffeln steht auf der Anrichte und wartet darauf, gestampft zu werden. Mutter bückt sich ächzend, um nach dem Ananaskuchen im Ofen zu sehen.

MUTTER
(murmelnd)
Perfekt.

Mutter watschelt zum Sofa hinüber und schläft ein. Schwenk ins Arbeitszimmer, wo VATER gekrümmt vor seinem Laptop sitzt und verbissen auf die Tasten einhackt. Schwenk auf den Treppenabsatz, wo TWIG auf dem Boden sitzt und JAS seine Kartentricks vorführt.

JAS

Glaubst du wirklich, du kannst ihr
mit Kartentricks imponieren?

TWIG

Kartentricks findet doch jeder gut.

Es klingelt an der Haustür. Flora erscheint auf dem Treppenabsatz, in einem dunkelblauen Hosenanzug, vernünftigen Schuhen und mit einem Seidenschal um den Hals, der Mund eine Wunde aus fuchsiafarbenem Lippenstift.

FLORA

Wie sehe ich aus?

JAS

(voller Ehrfurcht)

So richtig, richtig *langweilig*.

TWIG

Bis auf den Lippenstift.
Mit dem siehst du aus wie eine Irre.

Unten hat Mutter (jetzt wieder wach) ZORAN, GLORIA, ZACH und MR RUDOWSKI die Tür geöffnet. Mr Rudowski trägt einen Filzhut, einen flotten Blazer und eine gepunktete Krawatte. Gloria sieht wieder blendend aus, wie üblich in hautengem Schwarz und kniehohen Lackstiefeln.

MR RUDOWSKI

(indem er Mutters Hand an die Lippen führt)

Mrs Gadsby, vielen Dank für Ihre Einladung. Zach hat mir schon so viel von Ihnen erzählt.

ZACH

(der hochschaut und Flora auf dem Treppenabsatz entdeckt)

Flora, komm runter und sag Grandpa Hallo.

FLORA

(jammernd)

Ich kann nicht, ich muss mich erst umziehen!

VATER

(kommt aus seinem Arbeitszimmer gestürmt)

Mein Buch ist fertig! Mein Buch ist fertig!

Der Rauchmelder fängt an zu piepen. Schwarzer Qualm weht aus der Küche herüber.

MUTTER

Ich habe den Kuchen vergessen!

ZORAN

(an Mr Rudowski gewandt)

So sind sie leider ziemlich oft.

Mutter watschelt in Richtung Küche, hält aber plötzlich mit einem überraschten Quieken inne. Alle drehen sich zu ihr um. Sie steht wie angewurzelt da und schaut auf ihren Bauch hinunter.

MUTTER

Ich glaube, meine Fruchtblase ist geplatzt!

VATER

Holt die Hebamme! Setzt den Wasserkessel auf!
Wo ist mein Autoschlüssel?

Er rennt nach oben, wobei er irgendwas über Mutters Tasche fürs Krankenhaus brüllt. Mutter blickt ihm nach und lächelt. Dann krümmt sie sich plötzlich, als die erste Wehe kommt. Die Wehe geht vorüber. Sie lächelt wieder.

MUTTER

Schalt die Kamera aus, Blue.